L'AMOUR N'EST PAS SI SIMPLE

www.editions-jclattes.fr

Francine Distel

L'AMOUR N'EST PAS SI SIMPLE

JC Lattès

17, rue Jacob 75006 Paris

ISBN : 978-2-7096-2856-3

Première édition mars 2007.

À mes fils, Laurent et Julien,
notre plus belle réussite à Sacha et à moi.

Prologue

C'est depuis que Sacha est parti que je suis devenue madame Distel. Étrangement, toute ma vie je suis restée Francine Bréaud, du nom de mon père. Cela n'a pas vraiment dépendu de moi. J'ai eu ce privilège, bien que mariée à un homme célèbre, de continuer à être connue sous mon propre nom. Sans doute parce que l'on avait un peu parlé de moi dans ma jeunesse comme championne de ski, avant que mon destin et celui de Sacha ne se lient. Conserver son nom doit aider à ne pas devenir un personnage de l'ombre à la seule dévotion d'un homme qui attire la lumière. Ce qui ne veut pas dire que je ne fus pas dévouée à l'homme que j'aimais durant les quarante-deux ans de notre mariage.

Parfois, quand je passe dans le bureau de Sacha, cette pièce bien à lui qu'il appelait son

« antre », mon regard se pose sur la une de *L'Équipe* qu'il avait conservée. Un titre y annonce : « Mariage de Francine Bréaud ». Fidèle à sa vocation sportive, le journal ne citait Sacha, qui connaissait déjà un vif succès, que dans le corps de l'article. C'est la seule fois où j'eus le pas sur la vedette sur son propre terrain. Ça m'amuse toujours.

À cette exception près, j'étais bel et bien dans l'ombre de Sacha, et cela me convenait parfaitement. Est-ce qu'une nature discrète va à l'encontre de l'épanchement que représente un livre qui retrace les émotions d'une vie ? Cette question, je me la suis posée avant qu'on ne me la pose. Or je découvris, le travail avançant, qu'en raison même de ma nature, la confession que représente ce livre se teintait de la retenue qui a toujours été mienne, sans pourtant rien cacher ni travestir. Cette objection ne m'a donc pas freinée, car au-delà de toute considération critique ou de mes propres réticences, je n'en avais pas fini avec une histoire que d'aucuns ont mal comprise. Je n'en ai pas fini avec notre amour même si Sacha n'est plus, et je n'en aurai jamais fini. Parler pour parler, je ne saurais le faire. Parler d'amour, je ne saurais m'en empêcher.

Comme il est curieux de parler de l'amour au passé... Surtout que l'amour est une présence permanente et que je l'éprouve à l'instant où je l'évoque.

Aujourd'hui, c'est un peu comme si j'avais recueilli toute l'affection que Sacha inspirait. C'est un vrai cadeau. C'est aussi le signe qu'il est là bien présent au-delà de la mort. Depuis sa disparition, parce que certaines personnes me reconnaissent, on m'aborde dans la rue, où que je sois et toujours avec une infinie gentillesse. Je reçois ces grâces comme venant indirectement de Sacha, avec une profonde reconnaissance pour ces inconnus qui savent se montrer aussi généreux, bienveillants et spontanés. Quoi de plus beau, vraiment, que ces gestes gratuits au nom de la compassion ou de la simple attention ? On me trouve courageuse, on me fait des compliments qui me laissent presque ahurie, on a pour moi des vœux de sérénité, de bien-être, et cela m'émeut toujours autant.

Je fus très durement ébranlée par la mort de Sacha, mais je sais qu'il est toujours là qui veille, par cette aménité qu'il insuffle toujours, qui donne sa valeur à la vie et qui en est l'un des secrets, malgré les souffrances.

Car si j'ai connu pas mal d'épreuves, je dois reconnaître que j'ai vécu quarante-deux ans de mariage heureux. Évidemment, Sacha était dans une position particulière en raison de son métier et de la place qu'il y avait acquise, mais toutes les histoires d'amour qui durent se ressemblent. D'abord par l'amour qui leur donne vie, puis par toutes les ressources insoupçonnées qu'il faut trouver en soi pour dépasser la tentation du découragement, pour que l'amour ait le fin mot comme il eut le premier.

Réussir, c'est avant tout rester ensemble, mais tout autant rester soi, créer un foyer où grandissent les enfants, où ils s'épanouissent. Et bien sûr y trouver toutes sortes de joies, les petites et les grandes.

1.

La vie nous joue souvent de drôles de tours. Mon père est mort alors même que j'entamais l'écriture de ce récit qui m'amène à revenir sur bien des moments de joie et de souffrance et à convoquer les êtres chers qui ont tant compté pour moi.

Nous l'avons enterré à Tahiti, le pays de Tila, sa deuxième femme, où il vécut plus de la moitié de sa vie. Il est vrai qu'il avait 100 ans et qu'il ne quittait plus son lit depuis plusieurs mois. Je m'apprêtais à recevoir cette nouvelle à tout instant mais quand cela arrive, on doit toujours faire face à la terrible réalité de la mort. Il y a évidemment la perte en elle-même, l'afflux des souvenirs, et malgré la certitude de notre sort, la souffrance revient. Et puis lorsque toute la génération des proches qui nous précèdent a disparu, on se retrouve en première ligne, pour employer un terme sportif...

Quelques jours avant la mort de mon père, c'est une de mes plus vieilles amies qui nous quittait. Ces derniers temps, le sort s'acharne. Comme on dit : « Jamais deux sans trois. » Avec la disparition de Sacha, de mon père et de mon amie d'enfance, j'espère en être quitte, pour un petit moment du moins.

Maintenant qu'il n'est plus là, et même s'il était très diminué physiquement depuis quelques années, mon père me manque. Et je pense qu'il me manquera jusqu'à mon dernier soupir.

Jean Bréaud était un homme étonnant. D'origine charentaise, orphelin de mère à l'âge de quatre ans, il fut élevé très sévèrement par son père, directeur des chemins de fer d'Andorre. Très tôt, parce que son père le privait systématiquement de tout, il n'eut pour seule idée que de gagner de l'argent. Dès qu'il le put, autour de vingt ans, il devint un homme d'affaires habile et le succès l'accompagna jusque dans ses dernières entreprises à plus de quatre-vingts ans. Il eut aussi la chance d'être jeune et aventurier dans cette période de l'après-guerre où tout était à faire, chance qu'il a toujours reconnue.

J'appartiens donc à la bourgeoisie aisée, également du côté de ma mère dont le père possédait et dirigeait une usine à Luxeuil-les-Bains, en Haute-Saône. On y fabriquait du filet, sorte d'ouvrage très répandue à l'époque et dont on peut voir un exemple dans les rideaux du restaurant *Le train bleu* de la gare de Lyon. Mon grand-père faisait aussi fabriquer du linge de table par des ouvrières à domicile. Il était de ces patrons à l'ancienne, homme du pays inspirant le respect mais apprécié par la population locale, donnant du travail à de nombreuses familles dont il connaissait tous les membres. Une image d'Épinal... pourtant réelle. J'eus droit pour mon mariage à un véritable trousseau de princesse, un empilement de merveilles, constitué petit à petit par ma grand-mère qui, étant aussi ma marraine, s'était chargée de ce devoir d'un autre temps avec un bonheur visible.

L'usine de mon grand-père disparut à sa mort, et la maison de maître qui faisait partie de l'ensemble, selon une organisation courante à l'époque, est revenue depuis à l'un de mes cousins. Je le crois du moins, car j'ai perdu presque toutes attaches avec la Lorraine maternelle.

Par mes origines sociales, je suis donc indéniablement une bourgeoise. Néanmoins je ne me sens pas bourgeoise dans l'esprit, c'est-à-dire selon le sens que Flaubert donnait au mot : « J'appelle bourgeois quiconque pense bassement. » En tous cas je m'efforce à ne pas penser petitement. Quant aux signes extérieures de la bourgeoisie, ils ont tellement évolués, que le terme grand bourgeois n'a plus beaucoup de sens aujourd'hui.

Mes souvenirs d'enfance les plus lointains remontent aux vacances d'été que nous passions à Luxeuil-les-Bains. Nous formions toute une troupe de cousins, et c'était la grande excitation et la grande rigolade aussi longtemps que nous y restions. Un peu plus tard, il y eut Megève, qui allait devenir un lieu si important dans ma vie que mon destin devait s'y arrêter plusieurs fois.

Mon chemin vers Megève prit le détour étrange de Saint-Jean-de-Luz, si l'on considère comme étrange que la plage conduise à la montagne. Mais ma vie pourrait ressembler à une fable tant les rapprochements et le mélange des extrêmes y sont fréquents. J'avais alors sept ans, et nous passions une partie des vacances dans le pays basque. J'adorais nager et je barbotais pour le plaisir mais suffisamment énergiquement pour qu'un maître nageur me remarque et se mette en tête de me prendre en main. Il m'estimait douée pour la natation et il insista auprès de mes parents pour m'entraîner. Si bien que tous les jours jusqu'à la fin des vacances, j'avais droit à une séance plutôt intense où il me faisait nager le crawl le long de la plage, en d'incessants allers et retours. Malgré mes sept ans, je m'y prêtais sans rechigner comme un valeureux petit soldat que j'étais. Je ne sais même plus si ça me plaisait. Je me souviens seulement que je nageais encore et encore. Aujourd'hui, je me rends compte que ce maître nageur était une sorte de précurseur en matière de recherche de talents précoces, à une époque où la tendance était de laisser s'exprimer la nature et les penchants jusqu'à l'adolescence. En cela, l'époque était plutôt rousseauiste. Mais le plus amusant est de se dire, rétrospectivement, que ce maître nageur zélé a décidé de la suite de mon existence qui ne fut pourtant pas vouée à la natation.

J'avais tant nagé que je me suis retrouvée avec un voile aux poumons. Je ne sais pas très bien ce que c'était mais le diagnostic était précis et l'injonction du docteur sans appel : « Il faut absolument envoyer cette enfant à la montagne. »

Nous étions en 1941, et mes parents décidèrent qu'étant donné la tournure que prenait la guerre, nous ne serions pas plus mal à la montagne que n'importe où ailleurs. Aussi louèrent-ils sans tarder un chalet à Megève où la famille s'installa. Nous y passâmes tout le temps de la guerre. Effectivement, nous n'y fûmes pas plus mal qu'ailleurs et, à la vérité, certainement beaucoup mieux. Nous avons échappé aux deux grands facteurs de misère que sont la faim et le froid, dont certains disent que le second est pire encore que le premier. En effet, il y avait à Megève de quoi se chauffer et surtout le froid sec de la montagne n'a rien à voir avec le froid humide qui pénètre jusqu'aux os dans une ville comme Paris, même quand la température est loin d'être glaciale. Plus tard, j'ai retrouvé dans le livre de Madeleine Chapsal, *Noces avec la vie*, parfaitement décrite, l'ambiance qui régnait alors à Megève.

Mais surtout j'avais gagné une passion pour la vie : le ski et plus généralement la montagne. J'allais mesurer plus tard combien ce penchant me serait précieux.

À Megève, les Allemands n'étaient guère présents. Il y eut bien quelques parachutages sporadiques dans la région contre des nids de résistance ; j'ai pu entendre une ou deux fois le bruit des bottes sur le balcon du chalet, mais cela n'avait rien à voir avec l'Occupation dans les grandes villes, ou même ailleurs comme en Charente, à Jarnac où la maison de mon père fut presque entièrement réquisitionnée. C'était une espèce de château fin XIXe, plein de tourelles, comme les grosses familles enrichies dans le commerce du cognac pouvaient s'en faire construire à l'époque.

Cette bâtisse a toujours représenté pour moi le parfait château de contes de fées. Encore aujourd'hui, j'en garde un souvenir de petite fille, et d'une petite fille qui prenait les contes de fées très au sérieux. Pour être tout à fait franche, je crois que je n'ai jamais vraiment cessé de les prendre au sérieux, et je dois aussi reconnaître que la vie ne m'a pas démentie. Car il ne faut jamais ignorer la cruauté inhérente à tout conte de fées, cruauté souvent atroce si l'on y songe.

Ces années m'ont marquée au point de déclencher chez moi une véritable aversion pour la ville. Au bout d'à peine une semaine, chaque minute que j'y passe est une épreuve. Et cela sans parler du vide que l'on peut éprouver à se retrouver seule dans une maison que l'on a partagée pendant quarante-deux ans avec l'homme que l'on aimait.

Ce que je sais, à défaut de pouvoir dire si j'ai « aimé » cette période, c'est que j'en ai été imprégnée : de la montagne, de sa lumière, de sa blancheur, de la liberté, de ce sport merveilleux qu'est le ski, et que je le suis toujours. J'ai eu cette chance inouïe de trouver mon élément et d'avoir eu les moyens d'y vivre. Mais alors je ne me rendais compte de rien : j'aimais cette vie sans le savoir. Je ne rêvais que de Paris et de retour à Paris. Innocente de mon bonheur de l'instant, je demandais sans cesse à mes parents quand nous allions rentrer.

Autant dire que le retour fut épouvantable : l'entrée à l'école Sainte-Marie-de-Passy, le trajet à pied par les petits matins aigres quand le jour n'est pas encore levé, les rues sombres et gluantes, le froid glacial dans ma chambre où je devais faire mes devoirs avec des gants... Je me rendis très vite compte que le rêve, c'étaient ces quatre années à Megève qui passèrent exactement comme un songe.

Dès lors toute mon enfance, j'attendais le retour à la montagne pour recommencer à vivre, et cela n'a jamais vraiment cessé depuis. Le reste appartenait aux obligations de l'existence, auxquelles je me pliais sans trop de peine parce que j'ai toujours été une personne de devoir. Je travaillais consciencieusement à l'école et à la maison, mais uniquement pour hâter l'arrivée des vacances. La vie commençait en altitude.

Déjà le chemin de la montagne fut assez curieux, mais ma passion pour ce pays, une passion entière, était également inattendue. Il n'y eut personne pour me la transmettre. Juste mon émerveillement immédiat. J'y étais simplement chez moi. Et puis ce fut le lieu de la passion tout court avec Sacha puisque c'est là que des années plus tard je devais le rencontrer.

Il n'y a pas de hasard. Avec du recul, on ne peut que se sentir guidée, avec toutes ces coïncidences auxquelles nous faisons trop peu attention et leur enchaînement inexorable.

Je n'ai pas échappé au malaise qui frappe l'adolescence. C'est une période délicate qui fut marquée par la mésentente grandissante entre mes parents. Je sentais un déséquilibre destructeur autour de moi. Depuis l'âge de douze ans, je n'avais qu'une idée : en avoir quinze. Je trouvais qu'à quinze ans, on devenait une jeune fille et que c'était épatant. Maintenant, on est une jeune fille à douze ans, mais à l'époque, c'était quinze. Alors l'on commençait à vous considérer un petit peu, l'âge vous offrait le droit à la parole. Par ailleurs, je ne pensais qu'au ski, mais j'étais obligée de passer mon bac pour faire plaisir à mon père.

Je lui dois donc mon bac mais aussi le goût de la compétition, qui allait malheureusement à l'encontre de son désir de me voir poursuivre des études supérieures. Toute la famille était membre du Racing qui organisait les championnats de Paris de 1950 à La Clusaz où mon père décida de nous emmener. Nous pratiquions le sport assidûment. Ma mère montait à cheval et jouait au tennis, discipline dans laquelle mon père était classé zéro. C'est lors d'un tournoi qu'ils se sont rencontrés. Ma mère, qui avait l'avantage d'être ravissante et qui était fermement décidée à quitter Luxeuil-les-Bains, jeta son dévolu sur lui sans ambages. De son côté, il n'avait aucune intention de se marier. Jusqu'à ce jour. Elle insista un peu et il n'en fallut guère plus.

À La Clusaz, nous étions trois membres de la famille à concourir : mon père, mon frère et moi. L'ambiance était bon enfant. Pour moi, la course était une découverte, et je crois être arrivée deuxième ou troisième. Je m'étais bien débrouillée mais j'avais surtout réalisé que j'aimais ça et que je voulais m'y consacrer davantage. C'est pourquoi l'année suivante, je décidai de repartir seule avec le Racing pour la même épreuve qui se déroulait cette fois à Val-d'Isère. À l'époque, le comité de Paris comptait de très bons coureurs qui évoluaient au niveau national. Plusieurs d'entre eux allaient devenir champions de France. Comme j'avais été repérée par Henri Oreiller, champion olympique en 1948, qui s'était pris d'un léger faible pour moi, c'est lui qui m'entraîna la semaine précédant la compétition. Le Racing misait tout sur une certaine Véronique, une grande fille baraquée qui devint par la suite une grande amie. D'autres championnes participaient à la course mais à la surprise générale, la parfaite inconnue que j'étais l'emporta avec un gouffre de sept secondes sur la suivante. Sept secondes sur la deuxième, c'est presque impossible. Le plus drôle c'est que je n'avais pas de skis et que je dus prendre ceux de mon père qui mesuraient deux mètres dix. Je ne suis pas grande, très légère, et le parcours était difficile, avec un passage que l'on appelait « le cercueil ». C'est dire ! Après la course, quand je suis entrée dans la salle à manger de la résidence où nous logions tous ensemble, j'eus droit à une ovation. Je devins l'objet de toutes les attentions. Je ne comprenais même pas ce qui se passait. Personne ne s'attendait à ce que je gagne, et la fédération se mit soudainement à s'intéresser à ma personne. J'eus même droit à ma photo à la une de *L'Équipe* : « Francine Bréaud, la future Dagmar Rom. » Dagmar Rom est une gloire du ski, une Autrichienne très jolie qui devint championne du monde en 1950. Malheureusement, je n'ai pas tenu cette promesse que l'on fit pour moi. Je n'ai été que championne de France de slalom géant. Mais j'étais sidérée à l'époque d'être comparée à une telle figure à la première victoire.

Immédiatement, le comité de Paris me proposa de suivre un stage au mois de janvier pour continuer à courir. Mais lorsque j'en parlai à mon père, il me dit calmement : « C'est très bien, ma petite fille, mais il y a le bac. » Je dus suivre l'entraînement en dilettante, et ce n'est évidemment pas la bonne manière. J'obtins tout de même son accord, en grand amateur de sport qu'il était, pour suivre le stage en manquant quelques cours. Il ne transigea pas sur le reste, et pour toutes mes courses, j'arrivais le vendredi soir avec mes skis alors que les autres filles s'étaient entraînées toute la semaine.

J'ai la chance d'être naturellement tonique. Peut-être cela explique-t-il que j'arrivais à des résultats satisfaisants malgré mon manque d'entraînement. À cette époque, un entraîneur de l'équipe avec qui je m'étais bagarrée pour rigoler me fit tant de compliments sur mon tonus que je m'en souviens encore. Récemment, je marchais dans les collines au-dessus de Saint-Tropez avec une amie de quinze ans ma cadette, et je l'ai distancée sans m'en rendre compte alors qu'elle soufflait comme une locomotive. Quand elle m'a rejointe, elle m'a lancé en haletant : « Mais tu es un chamois ! » Dieu merci, ce tonus m'est resté, même si je crois que je n'en dispose à plein désormais qu'à la montagne, tellement j'y suis heureuse. Parce que c'est la tête qui domine tout chez moi. En cela je ressemble à mon père. Sauf que chez lui, la moindre contrariété provoquait des emportements orageux immédiats. Pour ma part, j'ai toujours préféré faire « bella figura », en évitant autant que possible de peser par mon humeur sur les autres.

Je n'ai jamais rêvé d'être une grande championne. D'ailleurs je ne suis pas une rêveuse. Ce que je voulais, c'était entrer dans l'équipe de France. Évidemment, j'aurais aimé pouvoir m'entraîner normalement et devenir championne olympique, mais comme je ne pouvais matériellement pas accéder à la maison des dieux, je voulais au moins faire partie de l'élite. J'obtins cette consécration en 1954, à l'âge de vingt ans. Je n'étais pas peu fière du premier coq que j'ai reçu.

La remise du coq est tout un symbole, c'est un peu comme d'être reçue première danseuse, à un âge inimaginable aujourd'hui où les gamines courent à partir de sept ans, souvent au prix de graves blessures. Elles en font tellement qu'elles sont complètement saturées moralement à dix-huit ans. Tandis que moi, je n'aspirais qu'à courir. Il n'y a que cela qui occupait mes pensées. Et j'en ai retiré de grands bénéfices : outre la connaissance de la compétition, celle de la vie en commun avec les filles et les garçons. Car alors, garçons et filles faisaient les mêmes courses. Aujourd'hui il est rare qu'ils courent dans la même station. L'ambiance, les voyages en groupe, l'épreuve physique et morale, le traitement sans ménagement de l'encadrement... Tout cela est vraiment formateur. À recevoir des coups sans broncher, on se fortifie immanquablement.

Comme je suis naturellement souple et que je suis plutôt chanceuse, je ne me suis jamais fait mal en skiant. Mais le ski est un sport très dangereux. Certes ce n'est pas le parapente, mais il y a parfois des morts et pas mal de coureurs très esquintés. Quand j'ai commencé la compétition, nous avions pour protection des casques de cyclistes en boudins de cuir. Ceux que nous eûmes plus tard étaient si lourds que je sortais de mes descentes avec la nuque et les vertèbres en compote. En plus, si l'on n'est pas en forme, on a peur. Il fallait aussi apprendre à maîtriser cette angoisse.

Le trac est une chose terrifiante, qui rend les jambes comme de la guimauve, donne des fourmis dans les mains et envie de vomir. Je l'ai connu. Je crois qu'en compétition toutes les filles le connaissaient un jour. Dans ces moments-là, on ne peut dissimuler ni sa pâleur ni son regard de bête traquée. C'étaient des moments relativement courts mais si intenses qu'ils me paraissaient durer une éternité. Il fallait toute la volonté du monde pour retrouver l'énergie et l'envie sans lesquelles rien ne peut marcher.

En évoquant ces souvenirs, près de cinquante ans plus tard, quelque chose de cette sensation remonte à la surface. Quelle sacrée partie de plaisir, pourrait-on se dire ! Mais la joie est telle à l'arrivée, quand la course a été réussie, qu'on oublie tout le reste. Cependant je reconnais que même si j'en ai rêvé sans arrêt durant des années, je n'aimais pas particulièrement la compétition en tant que telle. D'ailleurs j'étais toujours bien meilleure en fin de saison, quand il faisait beau et que c'était une joie de skier. Mais quand nous devions courir au mois de janvier par -15°, que nous attendions le départ en haut des pistes, mal équipées – nous ne connaissions ni duvet, ni fuseaux élastiques ni même fixations de sécurité – sans personne pour nous réchauffer les muscles comme aujourd'hui : c'était l'aventure. En plus de notre équipement dérisoire, nous courions dans des conditions proprement invraisemblables de nos jours, sur des pistes mal ou pas du tout préparées.

Dans l'équipe de France, je me suis fait des amis pour la vie. Pourtant, je suis toujours restée la Parisienne parmi les Savoyards, et maintes fois j'eus à subir cet ostracisme régional. Je ne suis pas du tout quelqu'un d'arrogant. J'ai des manières simples et je suis franche. C'est même l'un de mes traits de caractère que ceux qui me connaissent soulignent le plus souvent. Je suis donc naturellement en accord avec les gens du pays, mais il y a des choses auxquelles on ne peut rien changer, notamment le peu d'affection que les Parisiens inspirent. C'est un fait que les Parisiens ne sont pas aimés en France, parfois même un peu méprisés, et il y a peut-être de bonnes raisons à cela. En plus, on me trouvait jolie, et dès qu'il y avait un reportage sur l'équipe, les journalistes s'intéressaient presque automatiquement à moi. Les filles ont beau être des championnes de ski, elles restent des filles. Je faisais en même temps des photos de mode : on pouvait me voir dans *Jours de France*, ce magazine disparu qui appartenait à Marcel Dassault et qui tirait à plus d'un million d'exemplaires. Alors il y eut d'inévitables jalousies. D'autant que les filles savent être sacrément mauvaises entre elles, ce que les hommes ignorent souvent. C'est-à-dire qu'ils ignorent jusqu'à quel point. À l'époque, j'étais moi-même parfaitement innocente de ces usages parce que je n'ai jamais été jalouse. Mais j'ai payé pour le savoir. Je devais passer pour très gâtée, ce que j'étais en vérité par rapport à la plupart des filles, mais je crois que ce n'était pas flagrant. En tous cas je ne l'étais pas du côté de l'entraînement ! J'étais là pour skier, uniquement parce que j'aimais le ski. Beaucoup de mes coéquipières n'ont presque plus skié après la compétition. Certaines ne sont plus jamais montées sur des skis. Moi, ce que j'attends chaque année avec impatience, c'est le mois de janvier. Quand je rechausse mes skis et que j'ai mal au dos, la douleur disparaît. Je crois que je suis tellement contente que je fabrique des endorphines. Tant mieux, parce que ce mal de dos agit sur le caractère et qu'on devient « grinche », comme on dit à la montagne. Et je n'aime pas cela ! Un de mes amis s'amuse parfois à me dire que je suis née pour « spatuler ». Ça doit être ça...

En décembre 2005, le ski et ma courte existence de championne me rattrapaient, me ramenant cinquante ans en arrière, quand j'avais vingt ans. Je participais alors à une course à Megève, à cette époque bénie où garçons et filles couraient dans la même station. La compétition se terminait par un grand concours de saut et toute la station se retrouvait au tremplin. Parmi les coureurs présents, je remarquai un garçon de mon âge, un type superbe avec lequel il y eut immédiatement un flash réciproque. On ne peut pas se tromper sur ces choses-là. Il était autrichien. Nous nous mîmes à nous voir, à danser ensemble l'après-midi au thé dansant de l'hôtel qui accueillait les athlètes... Je ne parlais pas un mot d'autrichien, ni lui un mot de français, et l'anglais qui aurait pu nous sortir d'affaire était nettement insuffisant des deux côtés. Cependant nous nous plaisions. Il n'y eut jamais le moindre flirt entre nous. Cela avait un peu le goût d'une aventure tout en restant d'une grande innocence. Est-ce qu'il n'osait pas ? Par ailleurs, c'était un excellent skieur qui remportait presque toutes ses courses.

Les choses en restèrent là jusqu'en 1956 où, ayant momentanément abandonné la compétition, je devais représenter les fixations Look aux côtés de leur inventeur aux Jeux Olympiques de Cortina d'Empezzo. Je revis mon compagnon de Megève. À peine nous étions-nous retrouvés, qu'il me donna sa carte d'athlète pour que je puisse aller librement sur tous les sites. Ainsi, il me permit de le voir remporter le slalom géant, le slalom spécial et la descente. On ne peut assister à rien de plus éblouissant dans ce domaine. Toni Sailer, triple champion olympique, devint du jour au lendemain un dieu en Autriche. Puis chacun rentra chez soi.

Peu de temps après, alors qu'il était de passage à Paris, il réussit à me joindre. Avec une de mes amies, nous lui tinrent lieu de cicérone. Je me souviens qu'on nous avait prêté pour nos sorties cette magnifique Mercedes aux portières qui s'ouvrent comme des ailes. Ce fut encore charmant. Puis les années passèrent, par dizaines, jusqu'à ce que ma chère amie Danièle Télinge rencontre à nouveau Toni Sailer lors d'un tournoi de golf réservé aux anciens champions de ski ; je ne saurais l'expliquer mais de nombreux champions de ski sont devenus d'excellents golfeurs. Si je compte bien, c'était il y a presque dix ans. Toni demanda de mes nouvelles et il apprit que j'étais dans le Midi où il envisageait justement de voyager avec sa femme. C'est ainsi que nous nous sommes revus. Chaque été les trois années qui suivirent, lui et sa femme Gaby revinrent nous voir à Thalassa, la maison de la côte qui me vient de ma mère.

Pendant l'un de ses passages, un après-midi, j'entendis un grand éclat de rire en provenance de la cuisine. Gaby racontait à ma mère que Toni avait été très amoureux de moi dans le passé. Après ses trois victoires de Cortina, il m'avait cherchée dans toute la station pour me faire cadeau de sa médaille d'or de descente, la plus prestigieuse de toutes.

Après ces trois années, nous ne nous sommes plus revus. Gaby était tombée malade et elle devait s'éteindre après une courte période d'affaiblissement, aussi discrètement qu'elle avait vécu. C'était une femme exquise et sa perte fut un grand regret.

Toni n'eut alors sans doute plus le cœur à voyager seul.

Enfin en décembre dernier, une amie m'appela pour me dire d'une voix où se mêlaient impatience et excitation : « Vite, vite, allume ta télévision, il y a Toni Sailer qui est en train de parler ! » *Eurosport* recevait Toni pour une émission sur les prochains Jeux de Turin. La chaîne diffusait une rétrospective sur sa carrière exceptionnelle. Je n'arrivais pas à capter à cause de la neige qui tombait en abondance ce soir-là à Megève. Mon amie me rappela, encore plus animée : « Je viens d'entendre quelque chose d'incroyable. Assieds-toi. Je ne sais pas ce qui lui a pris, mais tout d'un coup il s'est mis à parler du grand amour de sa vie, puis à raconter qu'il s'agit d'une Parisienne, qu'il aurait donné ses trois médailles d'or pour passer une soirée avec elle, et qu'elle s'appelait Francine Bréaud... » Heureusement, j'étais assise. Cinquante ans après, Toni révélait à la télévision, lui qui est la pudeur même, une passion qu'il avait gardée dans son cœur toute sa vie... Que cette passion fût éveillée par moi ne me laissait pas indifférente, mais j'étais surtout fascinée par le fait qu'un homme ayant eu une vie si extraordinaire conserve précieusement le souvenir de quelques heures de sa jeunesse. Je ne pouvais m'empêcher de penser au Rosebud de

Citizen Kane, cette luge d'enfant qui l'emporte sur une vie fabuleuse et un empire. Voilà, je suis le Rosebud de Toni Sailer, et c'est une belle histoire.

De son vivant, Gaby nous avait invités, Sacha et moi, à leur rendre visite à Kitzbühel, la ville natale de Toni où il est un mythe vivant. Je me rappelle qu'elle insistait très chaleureusement. C'est un voyage que, malgré son absence désormais, j'envisage peut-être enfin.

2.

Les contes de fées et moi, c'est une drôle d'histoire. J'y ai toujours cru. Cela peut paraître un peu singulier à annoncer de but en blanc. Je considère simplement que le conte de fées, c'est la réalité qu'on ne voit pas, comme la magie est le pouvoir, occulte pour la plupart d'entre nous, de la nature. De même j'ai toujours cru aux miracles et ça m'a beaucoup servi. Qui y croirait ? Blanche Neige me fascine toujours autant, et Cendrillon reste le plus beau dessin animé que j'aie jamais vu. Sacha me disait souvent en rigolant : « Tu es une vraie midinette ! » Ce à quoi je lui répondais invariablement : « Oui, et j'en suis fière. » C'est assez amusant parce que je sais que j'ai plutôt l'air d'avoir les pieds sur terre, mais l'un n'empêche pas l'autre. Il est vrai qu'un film sentimental me tire des larmes, et j'ai effectivement attendu le prince charmant, qui est venu sans que j'aie eu le temps de m'impatienter...

À vingt ans, j'étais quelqu'un de très renfermé. Ce n'était pas de la timidité parce que c'est une émotion que je n'ai jamais éprouvée. Je passe à la télévision sans appréhension et sans trac. En fait je parlais très peu, je me contentais d'écouter et j'ai sûrement tiré beaucoup de bienfaits de cette attitude. Je crois que j'avais aussi un peu peur de dire des bêtises parce que j'estimais que je ne savais quasiment rien. C'était un drôle de mélange d'absence de timidité et de manque de confiance en soi. Je suis du signe des Gémeaux et on dit que les Gémeaux mûrissent très tard. Ce sont peut-être les astres qui ont déterminé le développement de ma personnalité entre trente et trente-cinq ans. Car c'est seulement à cette période que j'ai pu me débarrasser de beaucoup d'idées reçues. Quand j'étais enfant, les adultes nous disaient : « Ça, c'est bien. Ça, c'est mal. Ça, tu dois admirer. Ça, non... » Toutes ces absurdités qu'on nous assène parce qu'il faut bien dire quelque chose et avoir l'air de dominer la situation, et qui sont si encombrantes.

Récemment, lors d'une de ces conversations assommantes sur les sorties culturelles, je me suis entendue dire, excédée : « Écoutez, foutez-moi la paix avec vos expositions. Je suis ravie de voir un beau tableau, mais visiter des musées, ça me fait suer. » Aujourd'hui, je ne me cache plus de rien. Je n'ai vraiment pas l'intention de faire semblant d'aucune manière et pour quoi que ce soit. Dans certains milieux, les obligations sont épuisantes, comme celle d'avoir une certaine culture, qui donne si souvent lieu à de vraies pitreries. En prenant de l'âge, il advient une chose extraordinaire : on n'a plus peur de rien. Que peut-il arriver ? La personnalité est faite et il n'y a plus aucune raison de cultiver l'hypocrisie. J'ai toujours dit exactement ce que je pensais. Je dis ce que j'ai envie de dire en m'efforçant de ne pas faire de peine. J'ai horreur de l'agressivité, mais je ne me laisse plus déranger même si parfois encore, je préfère me taire.

En dehors du ski, à vingt ans, je ne pensais qu'à l'amour. Je n'ignore pas que c'est un sort plutôt partagé mais cela me conduisit à une décision surprenante pour la sportive de haut niveau que j'étais devenue. Nous étions en 1956 et je faisais partie de la pré-sélection pour les Jeux Olympiques de Cortina d'Empezzo. Quand je l'appris, j'avais renoncé peu de temps auparavant à la compétition pour un garçon que j'aimais. À l'époque, ce garçon était tout pour moi. Ce fut ma première expérience de l'amour, et la seule jusqu'à la rencontre de l'homme qui ne laissa plus d'autre place dans mon cœur que pour lui. Je ne me rendais sans doute pas compte de ce que représentait l'abandon de la compétition alors qu'on est en passe d'être sélectionnée pour les Jeux. Être pré-sélectionnée ne veut pas dire que je me serais forcément retrouvée sur la ligne de départ en Italie, mais tout de même... Depuis plusieurs années nous étions ensemble et je le quittais en décembre pour ne le retrouver qu'en mars, compétition oblige. Or je ne supportais plus cette séparation. Quand on est amoureux, on a une autre notion du temps... Aujourd'hui naturellement je souris de mon impatience de jeune fille, d'un sourire indulgent, sans l'ombre d'un regret.

Car le plus bête, c'est qu'après avoir abandonné la compétition pendant un an, cela finit par tant me manquer que je repris les courses en 1957 pour retrouver le coq en 1959. J'avais réussi, moi la Parisienne qui n'était déjà pas en odeur de sainteté, à rattraper le niveau de certaines filles qui n'avaient pas cessé de s'entraîner.

Cela me valut des retombées néfastes. Une véritable cabale fut montée contre moi. On me barra la route des Jeux de 1960 pour lesquels j'avais décroché ma sélection. La nature humaine est ainsi faite que j'inspirais envie et rancœur à certains. Malgré le verdict indiscutable des chronomètres, ceux qui considéraient que je ne méritais pas d'aller aux Jeux eurent gain de cause. Une espèce de comité en forme de tribunal d'exception décida tout simplement, en mon absence, de me mettre hors course. La nouvelle tomba brutalement. Cela fit un peu de bruit à l'époque, et pendant un moment je fus harcelée de coups de fil de journalistes qui cherchaient à connaître le fin mot de l'histoire. J'étais sans défense et je ne répondis pas. La partialité et les passions déréglées l'emportèrent sur les performances sportives.

Parfois ce genre d'injustices transpire dans le milieu du sport : les fédérations sont très fortes pour n'avoir jamais rien à justifier et pour étouffer les plaintes, abandonnant parfois les sportifs méritants à eux-mêmes. À l'issue de la réunion de la Fédération qui eut lieu à Paris pour décider de mon sort – un peu comme si je m'étais rendue coupable de trahison ! –, Honoré Bonnet, coach de l'équipe de France, vint me trouver et me dit en me prenant par le bras : « Tu sais, Francine, ce qui se passe, c'est que tu as un trop joli sourire. » C'était gentil et sans doute pas faux : mon éviction n'était en vérité pas due à autre chose qu'à quelques photos dans *Jours de France*. Pour moi, ce fut le fin mot de l'affaire et ce fut presque une consolation. De toutes façons, je ne suis ni rancunière ni vindicative. J'ai toujours considéré ces sentiments comme des faiblesses, en tous cas comme beaucoup trop encombrants pour moi. Même si la rancune peut faire la fierté de certains.

Je pense que cette mascarade ne porta pas chance à l'équipe de France. Pour commencer, dans les semaines qui suivirent je gagnai toutes les courses où je m'alignais, et les filles envoyées aux Jeux eurent de piètres résultats. Pour finir, à leur retour, je les battis toutes dans une course internationale où je terminai troisième. Certaines personnes ont dû se sentir un peu bêtes. Pour parfaire ce triste tableau, j'appris un peu plus tard qu'une rumeur avait été répandue par certaines filles : selon elles, j'étais la maîtresse de Maurice Martel, à l'époque président de la Fédération, et cela expliquait ma sélection. Et pourquoi pas les chronos trafiqués ! La vérité est que je n'étais pas destinée à participer aux Jeux Olympiques, voilà tout. « Il en meurt plus par la bouche que par l'épée. »

Le garçon pour qui j'avais renoncé aux Jeux de 56 est mort récemment. Nous sommes restés ensemble pendant sept ans. Pour moi, il fut à la fois un frère, un père et un amant. C'est lui qui le premier m'initia à toute une partie du monde qui m'était jusqu'alors inconnue. En quelque sorte, il m'apprit la curiosité d'esprit. Il me fit lire, connaître la musique, le cinéma... Il m'éveilla. Étant donnée l'ambiance à la maison, due aux relations plutôt difficiles entre mes parents, j'aurais pu partir avec lui dès mes dix-huit ans. J'y ai pensé. Chez nous, le moins que l'on puisse dire est qu'il y avait de l'électricité dans l'air. Mes parents étaient en train de divorcer. C'était dur et très tendu, avec de perpétuelles disputes, des propos acerbes. En fait, c'est le manque de moyens qui m'en empêcha. Je me rendais compte que nous n'allions pas pouvoir tenir bien longtemps tous les deux dans la chambre de bonne où il vivait et sans le premier sou. Finalement j'étais bien assez forte pour supporter l'atmosphère délétère de la maison.

Lorsque je réussis mon bac sans peine excessive, mon père avait déjà quitté la maison pour s'installer avec sa future femme tahitienne, Tila, qui avait seulement huit ans de plus que moi. Juste après l'examen, mon père m'invita à dîner chez eux, dans un appartement qu'ils avaient pris à Saint-Cloud. En arrivant, je fus surtout frappée par la présence d'un bébé de quinze mois qui gambadait. Il s'agissait de ma sœur, June, que je rencontrai pour la première fois. Tila et mon père ne prononcèrent pas un mot pendant toute cette scène. Ils me laissaient réaliser la situation. Peut-être craignaient-ils un soupçon de révolte ou de colère, mais pour moi cette rencontre ne fut qu'un choc heureux. Plus tard, alors que mon père s'était décidé à épouser Tila, j'eus un petit frère, Olivier, celui qui devait être assassiné à l'âge de vingt-quatre ans dans des circonstances insoutenables. J'ai vu grandir ces enfants. Nous nous retrouvions tous les ans à Megève, où mon père louait le chalet du Torrent à Rochebrune. Je les aimais tendrement.

Megève, où la rencontre la plus fatidique de ma vie approchait. J'étais encore bien innocente des choses de la vie, même si j'avais déjà un peu vécu, mais j'étais surtout bien innocente de ce qui allait me tomber dessus. Malgré une aventure sans lendemain à la montagne avec un champion de ski très séduisant – ce que, dans le milieu de la montagne, on appelle faire du hors-piste – j'étais toujours avec le même homme quand j'ai rencontré Sacha. Après je ne l'ai jamais revu. J'avais toujours mon idée sur l'amour, issue des contes de fées et incarnée par le prince charmant. Je n'en démordais pas.

3.

Un coup de foudre n'est pas une vue de l'esprit. On y est soumis, un point c'est tout. Un jour, je l'ai bel et bien reçu. C'est une véritable commotion physique, et en même temps comme un voile qui se déchire. Le monde apparaît soudain sous une autre lumière.

J'avais déjà entendu parler de Sacha Distel. D'abord parce que son succès était tel que tout le monde le connaissait au moins de nom, et ensuite parce que ma sœur Christiane l'avait fréquenté sur la Côte d'Azur avec ceux qu'on appelait à l'époque la « bande de Saint-Tropez ». Christiane, ma jeune sœur, était belle. Entourée d'amis, elle errait pourtant dans cette vie, sujette à une immense dépression. À l'époque, Saint-Tropez n'était qu'un minuscule village de pêcheurs et ma sœur y venait en voisine. Dans ses débuts vraiment joyeux et encore préservés de toute invasion, la bande de Saint-Tropez était une poignée d'initiés sans snobisme : tout nouveau venu qui attirait la sympathie était accueilli avec chaleur. Il suffisait de connaître une seule personne pour les connaître toutes. Je ne suis pas du tout une groupie et je ne l'étais pas plus à vingt ans qu'aujourd'hui. Aussi le nom de Sacha Distel ne représentait-il rien de plus pour moi que tous les autres noms que ma sœur pouvait citer, et qui étaient nombreux tant elle s'étourdissait. Jusque-là, je n'avais vu de Sacha Distel que des photos auxquelles on pouvait difficilement échapper dans une certaine presse, et qui le montraient le plus souvent sur la plage avec des hordes de filles. Ou bien je le voyais sur des affiches de tournées, notamment un jour en Haute-Saône, chez mes grands-parents, où Sacha était attendu au casino de Luxeuil. Je me rappelle très bien m'être demandé, en passant devant cette affiche, comment une telle vedette pouvait bien se produire dans un trou pareil. Je n'avais absolument aucune idée de ce que pouvait être la vie d'un chanteur. Le monde de la variété m'était complètement étranger, aussi loin de mes fréquentations que de mon esprit. Je pouvais vaguement me figurer un mode de vie qui, avec une idée légèrement préconçue, se résumait à s'amuser, boire des coups et se coucher tard. C'était juste une façon de vivre, déjà assez mouvementée même si on ne parlait pas encore de drogue à cette époque, que je n'envisageais pas. Je me souviens que j'étais même un peu critique, et ce ne fut pas ma réaction la plus pertinente. D'autant que l'avenir allait se moquer de mes jugements hâtifs.

J'avais abandonné la compétition mais jouissant d'une certaine renommée, j'avais été embauchée comme conseillère technique aux Galeries Lafayette pour le lancement de la saison de ski. Durant cinq semaines, le magasin développait son département des sports d'hiver, et je faisais l'intervenante de luxe. La première fois que je suis allée voir le directeur du magasin, je n'avais jamais travaillé et j'étais dans mes petits souliers. Discuter des « conditions » n'était pas du tout mon affaire. Ce n'est pas facile de parler d'argent quand on ne l'a jamais fait. Les seules discussions sur l'argent que je connaissais étaient celles de la famille, qui consistaient en des disputes au cours desquelles mon père reprochait ses « folles dépenses » à ma mère, qui l'accusait en retour d'être « radin ». Cette chanson-là, je la connais ! Et je m'en serais volontiers passée.

Ce travail aux Galeries Lafayette était idéal pour moi, parce qu'il précédait mon départ pour la montagne et qu'il me permettait, avec ce qu'il me rapportait, de passer une partie de la saison à

Megève sans me faire de souci. Je me suis toujours efforcée avec succès de n'avoir rien à demander à mon père. Sur les stands de ce grand magasin, je me sentis rapidement chez moi. J'étais copine avec toutes les vendeuses et je croyais faire des affaires formidables en dépensant une partie de ce que je gagnais sur place. C'était une période assez joyeuse. Naturellement, je me rendais bien compte que c'était toute autre chose d'y passer sa vie. Ces cinq semaines me laissaient sur les genoux... Pourtant j'avais des horaires assez confortables : je commençais à 10 h 30 et je finissais à 18 h 30. Le rythme était loin d'être surhumain. En plus, j'étais dans une position très privilégiée, sans jamais personne sur le dos pour me houspiller ni me surveiller. À ces avantages, s'ajoutait la présence de deux copains qui travaillaient sur le même stand, dont un moniteur de Megève que je connaissais depuis toujours. J'ai dû connaître le bagne dans une autre vie !

Malgré tout, je ne peux m'empêcher de considérer comme une punition de passer ses jours dans un grand magasin. Malgré ces bons moments, je ne l'aurais pas supporté au-delà de quelques semaines. Je n'arrive déjà pas à aimer la ville ! On respire de la poussière toute la journée et il ne fait vraiment pas bon vivre sous la lumière morte des néons. J'ai connu les fantaisies des clients et les types qui ne perdent pas une occasion de draguer et de vous inviter à déjeuner. Cinq semaines, c'était juste ce qu'il fallait pour que l'expérience reste divertissante et pour que la belle vie s'ouvre à moi.

Une fois empoché ce qui me revenait, je filais vers mes montagnes bénies. Je m'y installais pour trois mois dans une petite pension de famille du Mont d'Arbois. J'y avais une chambre qui ne me coûtait pas cher, et je n'avais d'autre dépense que celle de me nourrir. Je n'étais là que pour skier.

Nous étions en 1961. À peine installée à Megève, respirant enfin à pleins poumons et l'esprit léger, j'appris dans un journal feuilleté par hasard que Sacha Distel était en séjour parmi nous. C'était une telle vedette qu'il ne m'apparaissait pas absurde que la presse puisse s'intéresser à ses allées et venues. Il y a peu de différences avec ce qui se passe aujourd'hui. Comme maintenant, la seule présence quelque part d'une vedette comme Sacha faisait du bruit. J'oubliai aussitôt cette information. D'ailleurs, si je me la rappelle maintenant, c'est seulement parce que la suite des événements donne du piquant à cette anecdote.

Trois ou quatre jours plus tard, je déjeunais seule au téléphérique de Rochebrune. Même si je connaissais beaucoup de monde à Megève, il m'arrivait souvent de passer la journée à skier sans autre compagnie que la montagne, tout entière à ma passion. Ce jour-là, les passions se rencontrèrent. Une de mes connaissances m'avait aperçue seule à table et m'avait rejointe un moment pour échanger quelques mots. C'était Paulo Guillaume, un de ces garçons que l'on croisait alors systématiquement à Megève et à Saint-Tropez la saison venue, et qui, si ma mémoire ne me trompe pas, était une sorte de fils de famille sans activité bien définie, ayant quelque chose à voir avec la célèbre aventurière Domenica Walter, ex-vendeuse de gants de la rue Lafayette et veuve de l'architecte, milliardaire et grand collectionneur Jean Walter. Son nom avait-il un rapport avec le premier mari de celle-ci, un autre milliardaire collectionneur et marchand d'art, Paul Guillaume ? Ils n'eurent pas d'enfant mais elle en adopta un pour hériter, qui se prénommait Jean-Pierre... Enfin Paulo Guillaume était le nom que tout le monde lui donnait. Sacha allait me charrier toute ma vie à son sujet, feignant de croire que c'était mon petit ami quand nous nous sommes rencontrés. Combien de fois ne l'ai-je pas entendu me lancer avec un grand sourire un peu narquois : « Quand je t'ai rencontrée, tu étais avec Paulo Guillaume ! » uniquement parce que ce nom le réjouissait. Ce nom devint une de nos blagues les plus fidèles.

En dehors de nous deux et de la patronne, l'endroit était désert. Il faisait mauvais temps ce jour-là. Je préfère les journées limpides mais je skie par tous les temps, tant que les conditions sont supportables.

J'avais l'après-midi à moi et j'échangeai des propos anodins avec Paulo lorsque je vis entrer un type tout en noir avec un chapeau tyrolien blanc. Il se dirigea vers le bar. C'était Sacha. Je le suivis un court instant du regard et je revins à notre discussion monotone et paisible. Je devais apprendre plus tard que Sacha s'était séparé de Jeanne Moreau peu de temps auparavant, et qu'il accompagnait à Megève un ami qui sortait d'une opération. Deux convalescents en somme, même si Sacha n'avait pas vraiment l'air souffrant.

L'été précédent, il avait sympathisé avec Guy de Huertas, un de mes copains champion de ski qui venait d'arrêter la compétition. Ils s'étaient rencontrés à La Baule où Guy, qui donnait des leçons de tennis, avait invité Sacha à Megève en lui disant : « Je te garantis qu'en quinze jours, je t'apprends à skier. » C'est ainsi que Sacha emmena son ami Christian Deffe jusqu'ici, et que l'homme en noir au chapeau tyrolien blanc put faire son apparition en ce jour gris mais plein de promesses. Il avait vingt-neuf ans et j'en avais vingt-six.

Naturellement je l'avais reconnu. Je me suis même dit qu'il était habillé d'une manière invraisemblable. Je le regardai de profil, alors qu'il était en train de parler au bar avec la patronne des lieux, Jacqueline Martel, une ancienne grande championne. Elle était la femme du président de la Fédération, mon prétendu amant lors de la cabale contre ma sélection aux Jeux Olympiques. Sacha se retourna, m'aperçut, me regarda quelques secondes et s'approcha sans hésitation. Alors je vis son visage sous la lumière crue de la montagne qui tombait d'une fenêtre dans mon dos.

Après toutes ces années, je suis frappée à nouveau par le spectacle de la lumière dans ses yeux magnifiques. Je reçois le même coup au cœur. Je ressentais à la fois de l'excitation et un profond bien-être. Non seulement Sacha était très beau mais il irradiait de charme. En arrivant près de moi, il me dit : « Je crois que nous nous sommes déjà rencontrés. » J'ai rigolé en me disant : « Tiens, pas très original ! » et je lui ai répondu : « Non, je ne crois pas. Vous avez rencontré ma sœur, peut-être ma mère, mais moi, non. » Je me souvenais très bien que ma sœur avait passé des vacances sur la côte et que Sacha Distel faisait partie de ses fréquentations. Il insista : « Mais si, vous dîniez à la Ponche un soir et je me trouvais à la table d'à côté. » Ce n'était pas exactement ce que j'appelle s'être rencontrés, d'autant que je ne l'avais pas remarqué ce soir-là. Mais je n'allais pas jouer la bêcheuse quand tout mon être était bouleversé par la présence de cet homme.

En fait, il me connaissait comme championne de ski. Tous les matins de sa vie au petit déjeuner, Sacha lisait *L'Équipe* de la première à la dernière ligne. Comme il avait une mémoire infaillible, il devint une véritable encyclopédie vivante du sport dans toutes les disciplines. Je lui répondis que dans ce cas c'était bien possible, tout en me trouvant incapable de me détacher de son regard.

En apparence, je crois que j'étais calme, mais j'étais soudain dans l'inconnu. Quelque chose de nouveau se passait. J'avais conscience d'être en train de vivre ce que j'attendais avec tant de confiance et de bonheur. Cette fois, il était en face de moi, je ne pouvais pas en douter. Le prince charmant s'était incarné, je ne vois pas de meilleure façon d'exprimer ce que je ressentais. Il me regardait avec les plus beaux yeux que j'ai jamais vus, les premiers et les seuls qui m'ont jamais fait cet effet.

Pendant un moment, et malgré le choc de cette apparition, nous continuâmes à bavarder, tandis que je m'abreuvais de sa présence. Il m'expliqua ce qui l'amenait à Megève et je lui dis que ma mère et ma sœur étaient là aussi. Nous

nous séparâmes sur ces informations banales mais nous savions tous les deux que derrière ces quelques mots se cachait quelque chose de beaucoup plus intense. C'était comme une force nouvelle. Soudain tout devient possible. On a l'impression que le hasard lui-même est avec soi. C'est un état jubilatoire, difficile à décrire, où l'on sort de soi et où, en même temps, on est mieux avec soi qu'on ne l'a jamais été.

Le lendemain, je skiais à nouveau seule dans le couloir de Rochebrune lorsqu'on m'appela au détour d'une piste : « Fanfan ! » C'est le surnom que mes amis m'ont toujours donné. Je reconnus Guy de Huertas, avec son éternelle bonne humeur, accompagné du personnage en noir qui tenait déjà dans mes pensées une place unique. Je m'arrêtai et les rejoignis sur le bord de la piste où Guy, entre deux blagues, était en train de prodiguer à Sacha ses premières leçons de ski. Guy ne savait pas que nous étions déjà de vieilles connaissances de la veille et il fit les présentations : « Francine, tu connais Sacha Distel ? » Qui, au juste, ne connaissait pas Sacha Distel ? « Oui, oui... », lui répondis-je. Notre intérêt l'un pour l'autre ne pouvait faire aucun doute. Pourtant, ce jour-là, rien n'advint. Cependant les sentiments qui bouillonnaient en moi, et ceux que je pouvais deviner en lui, étaient assez puissants pour qu'une certaine attente ne fasse que les aviver, même si j'espérais de ces « retrouvailles » quelque chose de plus tangible.

Ce n'était pas vraiment mon genre de faire le premier pas. On peut assez facilement faire comprendre à quelqu'un qu'on a envie de le revoir, mais de là à faire des avances... Ce n'était pas dans mes mœurs. Les femmes, évidemment, sont beaucoup plus entreprenantes aujourd'hui. Et pas seulement dans le domaine amoureux.

Quoi qu'il en soit, nous nous quittâmes sur une absence remarquable de projet à brève échéance. Le petit regret que j'éprouvais était presque délicieux. Peut-être Sacha était-il maître en la matière, ce dont je ne saurais douter étant donné les « références » impressionnantes qu'il s'était déjà acquises en tant que séducteur. Sa vie avant moi, d'ailleurs, m'était parfaitement égale. Il faut dire aussi que nous ne prenions guère de risque à ne pas nous fixer rendez-vous, dans un endroit comme Megève où tout le monde se retrouvait aux mêmes endroits aux mêmes moments.

En ce temps-là, il y avait un lieu à Megève qui s'appelait l'Esquinade où la tradition voulait que tout ce que la station comptait de bons vivants, de jeunesse dorée et simplement de mondains, se retrouvent pour prendre un verre avant que les différents groupes qui se formaient souvent au hasard ne s'égaillent dans la nuit pour aller dîner. L'Esquinade était en quelque sorte la plate-forme de lancement, où l'on était à peu près sûr de rencontrer tous les jours la population la plus remuante. Il existe toujours un établissement du même nom, mais il n'a plus rien à voir avec celui de l'époque. Je n'y allais presque jamais. J'y connaissais à peu près tout le monde, et notamment les piliers dont faisait partie l'inévitable Guy de Huertas, célèbre fêtard qui avait quitté l'équipe de France après une mauvaise fracture. Pourtant je devais m'y rendre le lendemain pour retrouver une dernière fois des amis qui quittaient Megève le soir même. En vérité, j'espérais y trouver Sacha : c'était la vraie raison, le reste n'était qu'un prétexte.

En arrivant, je le repérai immédiatement parmi une bande d'amis. Je rejoignais les miens et d'un groupe à l'autre, nous nous regardions à la dérobée. Ces coups d'œil sont la promesse du bonheur. C'est une chose à part qui, par sa rareté et sa rapidité, vaut presque autant que le bonheur lui-même. Ce sont les moments les plus légers où l'on découvre une réponse à ses désirs et où la liberté est encore entière. Il faut les goûter pleinement.

Pourtant nous sommes allés dîner chacun de notre côté. Sauf exception, je rentrais toujours me coucher rapidement après ce genre de soirée. Je n'avais pas l'habitude d'avancer dans la nuit entre un danseur et un verre. Mais ce jour-là le plus grand espoir que j'aie éprouvé de ma vie, l'espoir de l'amour, me déviait de ma nature. La jeunesse noctambule se retrouvait à nouveau à l'Esquinade après le dîner, et c'est naturellement là que je dirigeai mes pas.

Cette fois, je ne le vis pas, mais bizarrement je n'en éprouvai aucun désappointement. J'étais parfaitement paisible et je ne doutais nullement de ce qu'il y avait déjà entre nous. C'est dans cet état d'esprit serein que je me mis à l'attendre, certaine de le voir débarquer tôt ou tard. Ce qui est amusant, c'est que s'il finit par venir, ce fut par erreur. Lui aussi me cherchait, et lorsqu'il passa devant le bar, il vit la voiture de Guy, une Floride qu'il prit pour la mienne. C'était une petite voiture de sport très à la mode à l'époque. Moi, j'avais une 2 chevaux, beaucoup moins chic mais c'était un cadeau de mon grand-père.

Je le vis entrer, accompagné d'une fille que je connaissais et qui s'intéressait beaucoup plus à lui que lui à elle. La soirée passa, nous étions tendus l'un vers l'autre, ne cessant de nous regarder et de jouer au chat et à la souris. J'attendais évidemment qu'il vienne me parler, car ces instants de frôlement visuel ont beau être un ravissement, notre désir appelle une évolution et des preuves. Combien y a-t-il d'histoires qui restent dans le domaine du fantasme pour n'être pas allé plus avant que les regards ! Et combien de regards qui se mettent soudain à fuir quand la réalité se présente ! Cela dura jusqu'à 2 heures du matin, une heure qui m'était presque inconnue. Enfin, il se décida à m'inviter à danser. Ce n'est quand même pas moi qui allais me lever ! Une fois dans les bras l'un de l'autre, nous devions y rester.

Mon histoire avec Sacha commença de la façon la plus simple, dans des circonstances éternelles tant elles sont ordinaires. Ordinaires et uniques parce qu'elles appartiennent à chacun et que le plaisir est toujours le même à se les rappeler. Ce soir-là nous n'eûmes même pas besoin de nous dire quoi que ce soit, en dehors de quelques mots chuchotés.

Depuis ce jour de janvier, nous fûmes ensemble. Je peux le dire ainsi bien que ce fut loin d'être aussi simple qu'il y paraît. Même lorsque les choses se présentent d'une manière aussi évidente, qu'elles sont d'emblée si lumineuses et réjouissantes, il y a toujours à venir des combats inévitables. Il y faudrait même toute ma détermination pour ne pas sombrer, pour ne pas me perdre. Car je sentais aussi, infailliblement, que ce feu qui m'habitait, éveillé et transmis par l'amour d'un homme, et même si cet amour avait jailli simultanément de nos cœurs, pouvait bien me dévorer si je n'y prenais garde. Il faut compter avec toutes les faiblesses, et aucun homme n'en est dépourvu. Il y a notamment celle du confort acquis, de la situation bâtarde où monsieur s'installe parce qu'il a tout sous la main et que l'absence de décision, dans certains domaines, est souvent bienvenue. Mais pour l'instant, nous étions encore dans une bulle et nous allions y rester quelques mois. Je me sentais plus légère que jamais.

Trois jours après la soirée à l'Esquinade, nous partions, Sacha et moi, une fois encore accompagnés de Guy de Huertas, pour Courchevel. Décidément, Guy était l'ange des premiers instants de notre histoire, des instants de seule gaîté et de ravissement, de rire et d'effervescence, en accord parfait avec son caractère uniquement joyeux.

Pour monter à l'assaut de Courchevel, j'avais embarqué Sacha dans ma 2 chevaux. La route n'était pas facile, avec le passage particulièrement malaisé des gorges de l'Arly, à quoi s'ajoutait une quantité de neige impressionnante. Sacha, qui avait l'habitude des jolies voitures, fut impressionné par la tenue de route de ma charrette. Il faut dire que j'avais l'habitude de ces routes de montagnes. Naturellement, l'amour déborde, et il se porta même de la part de Sacha sur ma 2 chevaux à laquelle je ne me prive pas de rendre hommage aujourd'hui, parce que Sacha l'appréciait pour d'innombrables services rendus...

C'est peut-être le lendemain, alors que nous étions à Courchevel, et que par conséquent nous nous connaissions depuis quatre jours, qu'il m'annonça tranquillement : « J'ai une tournée au Brésil à la fin du mois. Je t'emmène. » J'en eus le souffle un peu coupé, et je ne trouvai à lui répondre que : « Comment ? » « Oui, je t'emmène au Brésil à la fin du mois », répéta-t-il. Son ton était suffisamment ferme pour qu'il n'y ait pas à douter de son intention et de son enthousiasme. C'était comme une idée lumineuse qui lui était venue et qu'il ne pouvait s'empêcher de partager immédiatement, sa décision étant prise pour moi au moment même où il l'envisagea. Sacha ne me demandait pas mon avis mais je n'avais absolument aucune raison de refuser. La perspective d'un voyage au Brésil avec l'homme de tous mes vœux m'enchantait. Il n'y eut pas vraiment d'hésitation de ma part parce que j'étais déjà décidée à le suivre, mais je me rappelle très bien m'être demandé si les choses n'allaient pas un peu trop vite. Cependant j'étais comblée, et ce plaisir dépassait de loin mes inquiétudes. J'avais déjà appris à prendre gracieusement ce que la vie offre.

Entre-temps, ma mère et ma sœur Christiane étaient arrivées à Megève. Je me souviens parfaitement de ma réticence à leur annoncer que j'étais tombée amoureuse de Sacha Distel, et d'un certain trouble vis-à-vis d'elles qui dura quelques jours. Cela tient à ma réserve naturelle, à un côté secret de ma personnalité. Je préserve toujours avec pudeur les affaires que j'estime ne concerner que moi. D'aucuns le nomment jardin secret. Il ne s'agit pas de cacher, mais plutôt de ne pas révéler. Pour le plaisir de jouir un instant de ce que l'on sait n'être qu'à soi. Parce que cela ne peut durer qu'un instant. C'est ma manière à moi d'apprécier certaines grâces, en silence. Naturellement elles furent au courant très vite : comme je l'ai dit, je ne cherchais pas non plus à me cacher.

Ce qui est drôle, c'est que ma sœur m'avait déjà dit que je m'entendrais très bien avec Sacha et que j'y avais à peine prêté attention. Suffisamment cependant pour m'en être souvenue ! Les jours qui suivirent, nous nous vîmes tous ensemble, avec ma mère et Christiane. Quand Sacha se présenta à ma mère, doué de son indéfectible belle humeur, il l'embrassa en l'appelant « belle-maman ». Je ne peux pas dire que ça ne m'amusait pas, mais je ne pouvais pas m'empêcher de trouver qu'il y allait un peu fort. Même un peu vite parce que je ne me considérais nullement encore comme mariée avec lui. C'est bien connu, les hommes ont tendance à aller trop vite. D'un autre côté, pour ce qui était du conte de fées, j'étais servie. Sans doute il était emballé, mais sa précipitation me dérangeait un peu : la meilleure preuve est que je n'entendis pas parler de mariage de toute l'année qui allait suivre. Pour ma part, ce n'est pas parce que j'étais folle amoureuse d'un homme que je connaissais depuis quinze jours que j'allais me marier. Il faut le temps de la réflexion, quand même !

Après un mois de notre liaison, nous eûmes droit à la une de *Paris Match*. À mon retour à Paris, grâce à cette publicité non désirée, je trouvai mon père dans des dispositions plutôt hostiles. Ce serait le réduire que de le décrire seulement de la sorte, mais un banquier protestant n'est pas le genre d'homme pour qui voir sa fille en couverture d'un magazine à gros tirage en compagnie d'une vedette de la variété était une chose réjouissante. Je ne suis pas la dernière à affirmer que les préjugés sont catastrophiques, mais je dois aussi reconnaître qu'on y échappe rarement tout à fait. Particulièrement à l'époque et dans ce milieu. Je pouvais donc accorder à mon père quelques préventions auxquelles je savais, de surcroît, qu'il ne s'accrochait pas. Pour lui, les choses étaient fort simples : Sacha se servait de moi pour assurer sa publicité. Dans un sens c'était d'une extraordinaire naïveté : n'importe quelle autre fille aurait fait la une aux côtés de Sacha par le simple fait d'être sa conquête. Mais sans autre forme de procès, mon père s'était fait une idée très négative de Sacha. Ce qui le dérangeait par-dessus tout, c'étaient les gens qui font parler d'eux. Mon père a toujours été extrêmement discret, et de la manière la plus naturelle. Cela ne répondait à aucune crainte, mais il ne s'étalait pas. L'argent comptait puisque c'était le moteur de son énergie, une énergie qui devait le maintenir à la barre de ses affaires au-delà de quatre-vingt-dix ans. Il était d'une honnêteté entière. Peut-être est-ce là le secret de la fidélité de la fortune à ses côtés. Il est évident qu'il n'était pas gouverné par l'idée du profit à tout prix.

Pour ne donner qu'un exemple, quelques années plus tard, quand il s'installa à Tahiti, il acheta la seule plaine de l'île pour en faire un golf qu'il a ensuite bradé au territoire pour que tout le monde en profite. Puis il eut la concession Total et fonda une banque.

À quatre-vingt-trois ans, il mit encore sur pied avec Tila la première ferme perlière du pays, qu'il a dirigée lui-même pendant près de quinze ans, jusqu'au jour où ses forces ne lui permirent plus de sortir de son lit. Des années auparavant, Tila avait acheté une terre qu'elle n'avait jamais vue dans les atolls des Tuamotu. Ce n'est qu'assez longtemps après la mort de son fils, mon demi-frère Olivier, qu'elle se décida à s'y rendre. C'était au cours de l'un de mes séjours à Tahiti, et je fus du voyage avec sa sœur. Nous gagnâmes le *motu*, son terrain sur le récif, par un grand tour à pied. Nous découvrîmes un endroit presque entièrement sauvage, où nous fîmes la connaissance d'un jeune couple entouré d'enfants en bas âge, dont le mari était le petit-fils de l'ancienne propriétaire. Ils savaient que les lieux appartenaient désormais à Tila Bréaud, mais n'y voyant jamais personne ils avaient gardé leurs habitudes. Ils y amenaient à l'occasion des touristes en visite au village de Manihi, le lieu habitable le plus proche, et le mari qui plongeait avait commencé à cultiver quelques perles pour arrondir ses fins de mois. Tila éprouvait alors le besoin d'une activité nouvelle et eut l'idée de développer avec eux cette minuscule ferme perlière, pour en faire une petite entreprise rentable. Passionné par le projet, mon père s'y lança avec Tila, et ils en firent à eux deux quelque chose d'énorme. La jeune femme du couple dirigea la ferme de main de maître tandis que son mari, victime d'un accident cardiaque, ne fut plus apte à plonger et devint greffeur. Au bout de quelques années, toute la région s'y était mise. La production fut malheureusement mal contrôlée alors qu'il aurait fallu créer une De Beers comme pour le diamant. Il y eut trop de trafic, trop de mauvaise qualité et la perle fut dévalorisée.

Mon père était vraiment étonnant de volonté et d'activité. Alors qu'il approchait de ses cent ans, je l'entends encore déplorer de ne pas pouvoir aller au Chili parce que, selon lui, c'était l'un des nouveaux eldorados. À Tahiti, il était devenu une sorte de sage de l'île, et je me rappelle très bien les autorités politiques défilant à la maison pour écouter ses avis.

Modeste, sa discrétion s'alliait à une très grande générosité. Il permit entre autres à toutes les nièces de ma belle-mère qui le désiraient de faire leurs études à Paris, s'occupant de tout, pour les lancer plus tard dans la vie. De retour à Tahiti, il les aidait à acheter leur maison. Pour ma part, je me suis bien rendu compte de la chance rare que ce fut d'avoir un tel homme pour père. Il était la personne sur laquelle je pouvais compter en toutes circonstances, aussi bien dans le domaine affectif que matériel. Il incarna la sécurité tout au long de ma vie. Aujourd'hui, je n'ai plus cinquante ans devant moi à vivre, mais je me retrouve sans les deux plus grands appuis de mon existence que furent mon père et Sacha.

Déjà quand mon père commença à moins bien aller, je me suis dit : « Ça y est ma fille, c'est fini, maintenant débrouille-toi toute seule. » Il était comme une colonne pour moi, la colonne centrale qui soutient l'édifice. À chaque fois que j'ai souffert dans ma vie, il était présent. Même s'il vivait au bout du monde, il se manifestait au moindre souci, parfois comme s'il le sentait, avant même que je lui en parle. Et il intervenait immédiatement, discrètement et avec une poigne et une douceur infaillibles. Par bonheur, je reste entourée des deux hommes que sont mes fils, et qui ont les mêmes qualités d'attention et d'action.

En rentrant de Megève, je retrouvai mon père à Paris. Je lui annonçai, pour parachever mon œuvre de confusion, que j'allais partir dans les prochains jours pour le Brésil avec Sacha Distel. Nous devions passer à New York pour enregistrer un disque. La virée s'annonçait dépaysante.

Mon pauvre père, lui, ne savait plus à quel saint se vouer. Il me dit d'un air un peu dramatique : « Alors ma chérie, tu n'as plus qu'une chose à faire : puisque vous passez par New York, vous allez pouvoir vous marier rapidement. » Je ne comprenais pas très bien ce qui lui passait par la tête. Sans doute une espèce de panique d'un autre temps. Il voyait sa fille compromise par un voyage en compagnie d'un homme. Pour moi, il n'en était évidemment pas question. D'abord, je n'étais pas du tout le genre à m'emballer et ensuite je n'avais pas été atteinte par certains principes ridicules de mon milieu. J'avais vingt-sept ans et je trouvais simplement merveilleux de partir pour le Brésil avec Sacha. L'idée d'être compromise ! J'en aurais ri si j'avais voulu faire de la peine à mon père. À ma génération, les mentalités commençaient tout juste à s'ouvrir et à dépasser les limites qui leur étaient fixées depuis des temps immémoriaux, quel que soit le milieu, par une coutume extrêmement rigide. Je n'étais donc pas tout à fait une excentrique en me saisissant de ce qui s'offrait et en m'en réjouissant. Pour le reste, on verrait plus tard. « À demain les affaires sérieuses », disait Archias de Thèbes. Enfin si je me souviens bien il fut assassiné lors d'un banquet...

New York, ce fut donc l'enlèvement : je me prêtais à cette vision romanesque des choses. Et puis il ne faut pas ignorer que la tradition d'enlèvement des jeunes filles perdure, d'une manière ou d'une autre (de plus en plus symbolique), particulièrement en Europe de l'Est d'où Sacha était originaire. Avec un air éperdu d'amour, il me disait :

« Si tu n'es pas là, je ne peux rien faire, je ne peux pas chanter, je ne peux pas enregistrer... » J'ai ainsi pu assister pour la première fois à l'enregistrement d'un disque. C'était d'autant plus fascinant à l'époque que l'on travaillait encore avec un orchestre, comme Sinatra avec celui de Count Basie.

Nous ne restâmes pas plus de trois jours à New York, le temps que l'affaire soit dans la boîte. Le temps aussi – et cela me laissa une impression unique – de faire le tour des boîtes de jazz de Harlem, où Sacha était l'un des seuls Européens à se rendre. Je crois qu'il connaissait personnellement à peu près tous les plus grands musiciens de jazz de l'époque, les plus grands tout court. C'est durant ce séjour que je fis la rencontre de Miles Davis, dont le nom ne voulait alors rien dire pour moi. Je crois d'ailleurs qu'il ne disait pas encore grand-chose à quiconque de notre côté de l'océan. Mais dans le cas de Miles Davis, l'homme avait une aura assez puissante pour que l'on se rende compte, sans le connaître, que l'on était en présence de quelqu'un de pas ordinaire. Je n'ai saisi que plus tard la chance que j'ai eue de côtoyer de tels hommes. De toutes façons j'étais sur un nuage et j'appréciais d'y rester.

Puis nous nous sommes envolés pour Rio de Janeiro. C'était l'été et le climat tropical est assez déroutant. Il n'y a rien à faire pour ne pas dégouliner du matin au soir. Le maquillage coule, les chaussures moisissent dans les placards. J'ai le souvenir d'un cocktail sur *La Jeanne*, ce bateau école de la Marine française qui faisait alors le tour du monde avec escale dans tous les grands ports. Tous les hommes en grande tenue et les femmes en robe du soir ruisselaient sans exception, laissant une image de pompe en pleine déliquescence plutôt fascinante. Tableau dans lequel, bien entendu, j'avais ma part.

Pour autant, ce climat extrême n'était qu'un détail dans le conte de fées que je continuais à vivre. C'est à Rio que Sacha et moi nous sommes dit que si nous avions un fils un jour, nous l'appellerions Laurent, du nom de mon grand-père.

Je ne suis jamais autant allée dans les boîtes de nuit qu'à Rio. Nous y étions tous les soirs. À l'époque c'était les prémices de la bossa nova. Fasciné par cette musique, Sacha tenta le premier de la faire connaître en France. Ce fut un échec. Il est intéressant de voir comment les rendez-vous sont marqués à l'avance, et comme tout notre flair et notre énergie sont impuissants à les avancer. Il suffit de voir l'énorme succès de la bossa nova en France vingt ans plus tard.

Nous fréquentions des artistes qui allaient encore une fois devenir légendaires. Vinicius de Moraes, poète et diplomate de grande famille avec son éternel verre de whisky à la main et Carlos Jobim, en dehors de certains milieux, étaient des inconnus chez eux. Sacha, lui, les avait remarqués immédiatement et ils avaient noué une réelle amitié.

Un beau jour, nous quittâmes Rio pour un endroit extraordinaire au bord de l'océan, nommé Busios. C'est Bob Zaguri qui nous y conduisit, un compagnon de Saint-Tropez de Sacha, qui gagnait alors sa vie en exportant des chemises du Brésil en Argentine, pays beaucoup plus prospère à l'époque. Busios était un endroit féerique, complètement sauvage, au point que l'on y voyait de petits cochons traverser en bandes les rues de terre. Depuis, Busios est devenu l'un des endroits les plus à la mode du Brésil. Tous ceux qui ont réussi et qui veulent se montrer s'y précipitent. L'on appelle couramment Busios « le Saint-Tropez brésilien ». Toujours Saint-Tropez !

Nous y vécûmes trois ou quatre jours paradisiaques, à faire du bateau, à se baigner, au milieu d'une nature quasiment vierge, presque seuls... Tout ce que j'ai toujours le plus aimé au monde. L'endroit était encore parfaitement semblable à ce qu'il devait être depuis des siècles, car malgré sa proximité avec Rio, la route pour y parvenir était malaisée et faisait un détour interminable. Depuis, un pont fut construit qui rendit possibles les excursions massives. Une ville sortit de terre et les cochons déguerpirent ou furent cuits sans descendance. Les photos de plage dans les magazines people brésiliens sont désormais presque exclusivement prises à Busios. Parfois, j'ai l'impression d'être déjà d'un autre temps.

À Rio, d'autres surprises nous attendaient. Nous étions descendus au Copacabana Palace, qui donne directement sur la plage la plus fréquentée de la ville. Un après-midi, alors que nous venions de rentrer à l'hôtel et que nous attendions que les portes de l'ascenseur se referment pour rejoindre l'étage, une horde de filles en folie apparut soudain dans le hall, et se précipita vers nous en hurlant, l'œil fiévreux. C'était du cinéma. J'eus besoin d'un instant pour réaliser ce qui se passait. En 1961, nous ne connaissions de telles images qu'autour des Beatles, et encore elles étaient récentes. Je regardai Sacha, presque aussi incrédule que moi. Les portes de l'ascenseur se refermèrent juste à temps. Ce n'était pas terminé. Une fois sortis de l'ascenseur, les filles nous avaient rattrapés par l'escalier et nous dûmes courir jusqu'à notre chambre dont nous claquâmes la porte in extremis. Une fois à l'abri, essoufflés, nous nous sommes regardés et nous nous sommes mis à rire de bon cœur et de soulagement.

Il y avait une raison très précise à cet assaut, et qui n'était pas la gloire personnelle de Sacha au Brésil. Quelques jours plus tôt, le magazine *Manchete*, le plus lu du pays, était paru avec Sacha et le « roi » Pelé en couverture. Pour la photo, Pelé avait pris la guitare de Sacha et Sacha jouait avec le ballon du roi dont la gloire n'était même pas encore à son comble (il devait remporter deux autres coupes du monde). Il n'en fallut pas plus pour que du jour au lendemain, Sacha puisse à peine se montrer dans la rue sans déclencher une émeute. C'était amusant, mais juste le temps de la surprise. Ce souvenir provoqua toujours notre hilarité.

Par bonheur, il n'y a qu'au Brésil que Sacha fut l'objet de telles crises. En ce qui me concerne, j'ai toujours craint la foule et ses mouvements. Or nous devions assister au début du carnaval. Le déchaînement hystérique m'a toujours mise plutôt mal à l'aise et la musique ne m'a jamais mise en transe. Ce n'est pas que je ne l'aime pas, et j'ai même bien rigolé en apprenant la samba au cours du séjour, mais elle ne m'a jamais remuée au point d'entrer dans un état second.

En matière de transe musicale, je n'avais jamais rien vu de tel qu'au Brésil et je n'allais pas le revoir de toute ma vie. Un soir, nous dînions au Yacht club, l'un des endroits les plus selects de

Rio, chic s'il en est, fréquenté par les patriciens et leurs familles. La morgue de l'aristocratie tropicale a beau être légendaire, un patricien de Rio reste un carioca, c'est-à-dire une personne hautement inflammable sous l'influence de certaines vibrations. Au moment du dessert, la musique a démarré. Ce fut une explosion aussi surprenante que terrifiante, comme si une bombe avait sauté sous une table. D'un seul bond, toutes les filles de familles furent sur les tables, comme possédées, à s'envoyer des lança-perfume, cette célèbre drogue en bouteilles dorées qui accompagnait le carnaval et qui se sniffait sur un mouchoir. Les lança-perfume, avec l'alcool, ont fait des ravages et chaque jour comptait ses morts. Ce fut alors un redoublement. Sacha et moi, ébahis, vîmes toute l'assemblée entrer dans une autre dimension, celle de la folie intégrale.

Dieu merci, je ne suis pas jalouse. C'est en partie grâce à cela que notre mariage a pu tenir. L'hystérie autour de Sacha ne me troublait pas. En général, on en reparlait en riant, et lui était ravi d'être la star. Il n'essayait nullement de faire croire autre chose. Lorsqu'on commence à connaître l'adulation, on a du mal à s'en passer... Est-ce mon adulation qui lui faisait défaut quand il me reprochait de ne pas m'intéresser assez à ce qu'il faisait ? Je lui répondais qu'il avait tort. Il me faisait toujours écouter ses nouvelles chansons mais je lui disais sincèrement que je n'y connaissais rien et que je ne pouvais lui être d'aucune aide.

Dans le livre qu'il a écrit juste avant sa mort, Sacha dit qu'il m'a toujours été très reconnaissant de ne pas me mêler de son métier. Les cœurs sont parfois difficiles à débrouiller. Sacha n'avait pas mon adulation, qui est une chose que j'ignore, mais mon amour. Pour moi, c'est la distance de l'étouffement à la respiration.

4.

À Paris, j'habitais un appartement que notre tante Paulette nous avait prêté, à ma sœur Christiane et à moi, rue Alphonse XIII. Tante Paulette, appelée Taty, est la plus jeune sœur de ma mère et c'est un roman à elle seule. Elle sait d'ailleurs en faire profiter les autres avec une rare faconde lorsqu'elle évoque les frasques de sa jeunesse ou n'importe quelle aventure avec ceux qu'elle a connus, qu'elle y soit à son avantage ou non.

Taty a beaucoup compté dans ma vie. Elle est la dernière survivante d'une génération généreuse par nature. Comme elle était encore célibataire, elle vivait quasiment avec nous, notamment pendant la guerre. C'est elle, plus que quiconque, qui s'occupait de nous, les enfants, et particulièrement des deux grands, mon frère et moi. Elle était à Jarnac, à Megève, et toutes les photos de l'époque la montrent avec nous. Nous étions comme ses propres enfants. Je me souviens qu'elle m'avait offert le disque de Blanche Neige et les sept nains dont elle avait dessiné elle-même la pochette. J'ai adoré ce cadeau et je l'ai toujours. C'est elle aussi qui nous faisait écouter toutes les musiques qui ont bercé notre enfance. Elle était pleine d'amour pour nous, sans doute beaucoup plus affectueuse que notre mère et sa part dans ma vie est lumineuse, joyeuse et essentielle.

Je continuais à voir Sacha, mais je ne vivais pas avec lui. Encore une fois, même s'il ne fallait pas rigoler avec ces choses-là à l'époque, et à un point que l'on aurait du mal à concevoir aujourd'hui, ce n'était pas là l'influence de l'esprit du temps et de mon milieu mais un effet de ma seule volonté. Et je ne l'aurais pas plus fait aujourd'hui qu'alors.

Sacha et moi étions ensemble au vu et au su de tous. Pourtant une question me tourmentait apparemment plus que Sacha : celle du mariage. Je ne pouvais pas me cacher à moi-même que j'étais prête à me marier. Or, en dehors de son « belle-maman » enjoué adressé à ma mère, il n'en fut jamais question pendant plus d'un an. En plus de ses disques et de ses concerts, Sacha était en train d'arranger la maison qu'il avait achetée à Paris juste après sa première tournée triomphale de 1959. Quand il m'en parla à Megève les premiers jours de notre liaison et qu'il me montra une photo, je me rappelle très bien l'agréable surprise que ce fut pour moi. J'avais des idées assez préconçues sur les chanteurs : j'imaginais que tous avaient tendance à claquer le produit d'un premier succès en voitures et en fêtes. J'étais assez émue de voir Sacha si raisonnable après des débuts en fanfare. Sans exagérer, je crois que l'on a rarement vu une telle vogue, et aussi soudaine, que celle déclenchée par Sacha à partir de son concert d'Alger. Ses *Scoubidous*, chantés pour la première fois en public, déclenchèrent l'hystérie générale.

Les travaux de la maison de Sacha furent terminés en 1961. Le temps me paraissait excessivement long parce que j'attendais et qu'il ne se passait strictement rien. Du moins de ce qui m'occupait l'esprit. J'appris en outre que Sacha subissait la pression de ses amis. Moi, je n'en exerçais aucune car j'ai toujours eu pour priorité d'éviter ce genre de rapports. Mais son entourage l'alarmait à mon sujet avec une certaine réussite. Il n'y avait rien contre ma personne mais la plupart de ses copains lui faisaient valoir que le mariage pouvait nuire considérablement à sa carrière. Il fallait que Sacha se rende compte que les filles étaient son principal public et qu'elles le laisseraient tomber comme sous l'effet d'une déception. Avec moi il pourrait dire au revoir au succès... Aussi absurde que cela puisse être, Sacha était suffisamment sensible à leurs discours pour rester excessivement discret avec moi sur le sujet du mariage. Pourtant, l'espèce de conspiration d'une partie de ses amis me montrait bien qu'il s'en préoccupait plus qu'il n'en donnait l'air devant moi. Forcément, un jour ou l'autre, il avait abordé le sujet devant eux avec un certain sérieux.

Avec moi, il faisait plutôt le dégagé, celui à qui la situation convient si bien qu'il n'y a pas lieu de tout bousculer. Opportunément sourd à mes attentes. Nous continuions à nous voir dès que nous le pouvions, à Paris, à Megève, à Thalassa sur la côte. Certes on pouvait considérer ce mode de vie sous son angle idyllique, et je goûtais le bonheur d'être à ses côtés, mais je n'avais plus l'esprit entièrement disposé au seul bien-être de l'instant. Petit à petit je me mis à bouillir devant l'inertie de Sacha. Il ne faut pas oublier qu'il était très égocentrique : m'avoir pour maîtresse à disposition était une situation qui correspondait au mieux à l'idée du confort selon M. Distel.

Pourquoi vouloir se marier ? Parce que j'en avais toujours éprouvé le désir et que sans avoir jamais été « en chasse » d'un mari, Sacha était le seul homme que je voulais pour tel. Nous désirions aussi tous les deux des enfants, ce qu'il était impossible d'envisager hors mariage en ce temps-là, même dans le show biz. Enfin je voulais me marier parce que cela avait un sens tout simplement : nous nous aimions, nous étions jeunes sans être des enfants, et nous avions les moyens de ne pas craindre l'avenir. Lorsque je n'y tins plus je décidai d'agir.

Sacha et moi n'avions jamais eu de scène à propos du mariage. Sans doute pour en avoir assez subi durant mon enfance, les scènes de ménage et de toute autre sorte sont une des choses au monde que j'ai le plus en horreur. Je savais que Sacha était parfaitement au courant de la situation, de mon impatience et de sa responsabilité, et je n'avais pas l'intention de l'acculer à des discussions pénibles qui nouent la gorge et assèchent l'âme. Je considérais que c'était à lui de se décider sans que j'aie à le pousser. Les Anglais disent : *Never explain, never complain*. Je me suis ainsi morfondue pendant des mois tout en refusant absolument de me plaindre. Mais j'ai la conviction que plus on harcèle quelqu'un, moins on en obtient quoi que ce soit.

Je conçus donc une stratégie des plus sommaires mais des plus efficaces : c'est là que je me rendis compte que je suis plus une femme d'action que de négociation. Sacha devait assurer une tournée au Canada. Pendant qu'il serait absent j'allais quitter Paris et il ne me trouverait plus à son retour. Voilà tout. De deux choses l'une : ou bien il m'aimait assez et me retrouverait, ou bien il n'était pas sérieux et je ne ratais rien, même si je crois que je ne m'en serais pas remise. Rien qu'à envisager cette seconde perspective, je ressentais une douleur difficilement supportable.

Lorsque je me décidai, nous étions ensemble depuis un an et demi. C'était le mois de juin. Je n'allais pas partir n'importe où, mais à Tahiti, à l'autre bout du monde où mon père s'était installé définitivement peu de temps auparavant. Je mettais ainsi la plus grande distance possible entre nous et il ne m'en fallait pas moins. J'avais cette chance de pouvoir le faire et d'être toujours reçue par mon père quand je le voulais. Il émit seulement une condition : « D'accord, tu viens, mais tu es amoureuse et je ne veux pas que tu repartes dans quinze jours même sous ce prétexte. Donc tu restes trois mois ou tu ne viens pas du tout. »

Mon père avait beaucoup d'autorité, il était parfois même un peu dirigiste. Je n'en ai souvent fait qu'à ma tête mais cette fois je promis sans discuter.

Juste avant mon départ, je finis d'arranger la maison de Sacha. Je vivais déjà en partie chez lui, même si les apparences étaient sauves. Les travaux venaient d'être achevés et, le jour de mon départ, j'avais fleuri le salon d'un magnifique bouquet de branches d'arbres fruitiers. Sacha rentrait le jour même du Canada, et j'avais calculé, d'après nos horaires, que nous devions nous croiser sur l'autoroute qui le ramenait d'Orly et qui m'y conduisait.

J'étais dans un état effrayant, en larmes, amaigrie parce que je ne pouvais plus rien manger depuis un mois, désespérée mais résolue. C'était quand même un pari à quitte ou double et mes pensées à ce moment-là étaient loin d'être ordonnées. Mais je me cramponnais à ma seule volonté et me laissais conduire par elle comme une naufragée. Je devais faire le voyage de Tahiti par Hawaii avec ma belle-mère Tila qui rentrait chez elle après un séjour à Paris. Sa présence me soulagea, ainsi que le départ en lui-même.

Dès que je me trouvai dans l'avion, je me sentis un peu mieux, et mon état s'améliorait à mesure que nous nous éloignions. Durant notre escale à Hawaii, je pus même profiter d'une balade que nous fîmes dans un petit avion au-dessus des plantations d'ananas.

Quand je vais mal, il me suffit de changer de cadre, et d'éviter les villes pour me sentir mieux invariablement. Une fois encore, dans la tourmente où je me trouvais, je connus l'adoucissement du voyage. J'ai cette chance inouïe : bouger m'aère l'esprit. Je ne traîne pas mon fardeau où que j'aille. Quant à Tahiti, c'était vraiment très loin. Loin par la distance parce qu'il n'y a guère de plus long voyage sur terre quand on habite en France, surtout à cette époque, et loin par les conditions de vie qu'on y trouvait. C'était un autre monde. Il n'y avait qu'une seule route défoncée qui traversait l'île, pas de télévision, et les gens se disaient bonjour dans la rue parce qu'ils se connaissaient. L'électricité, quand il y en avait, était fabriquée par un groupe. Mis à part le dépaysement naturel qui était total et qui demeure, grâce au climat et à la végétation, ces conditions de vie n'ont rien de fabuleux, mais il faut les comparer à ce qu'est Tahiti aujourd'hui, où tout ce que propose la modernité a fait irruption. Je ne déplore rien, sauf peut-être les immeubles qui commencent à garnir le flanc des montagnes autour de Papeete, et que j'ai pu voir en allant enterrer mon père. Mais en 1961, j'allais vivre trois mois d'isolement réel.

J'ai su plus tard que Sacha était devenu comme fou en rentrant du Canada. Il appela dans tous les sens, surtout ma mère et ma sœur. Dès son retour, il eut une nouvelle tournée qui le fit patienter quelques jours. Les tournées sont très prenantes et celle-ci calma un moment son angoisse. Puis il s'est retrouvé à Vienne, en Autriche, tout seul, comme échoué. C'est alors qu'il m'envoya un télégramme. J'étais à Tahiti depuis quinze jours. Il disait : « Tu me manques. Veux-tu m'épouser ? Je t'aime. »

Je me souviens très bien, une fois le télégramme lu fiévreusement, que je suis sortie de la maison en courant sous le couvert de la cocoteraie en appelant ma belle-mère : « Tila ! Tila ! Je vais me marier ! » Elle me rejoignit, heureuse pour moi, et me dit : « C'est merveilleux ! Mais tu ne rentres pas à Paris. » Je n'envisageais pas de manquer à ma promesse. J'avais dit trois mois et je resterais trois mois. J'ai remarqué, sans pour autant que ce soit par une relation de cause à effet directe, que l'on gagne toujours à tenir sa parole. Je ne fis pas tarder ma réponse à Sacha tout en lui expliquant pourquoi je devais rester. Il ne fit aucune difficulté. Comme moi, il était avant tout soulagé.

Je n'eus plus qu'à me plonger dans la nature merveilleuse de Tahiti, avec ces couleurs si rares que je n'en ai jamais vu de telles ailleurs, avec les îles qui l'environnent, les Iles sous le vent, l'archipel des Tuamotu... Je ressentais une paix et une liberté sans mélange. Les immenses richesses de Tahiti s'offraient à ma sérénité. Je n'avais que la perspective du bonheur. C'est ainsi que l'on goûte le plus totalement la vie. Tout ce qui m'attendait à mon retour était ce que j'avais le plus vivement souhaité. Peut-on s'imaginer plus heureux ? Je ne l'aurais pas osé.

Je crois qu'il n'y a pas au monde de voyage plus long que celui que je fis pour retourner à Paris.

Pour commencer, j'étais aux Tuamotu et l'hydravion qui devait venir nous chercher au bout d'une semaine pour rentrer à Papeete ne vint qu'au bout de deux semaines. Le copilote du seul hydravion disponible était tombé malade. Durant ce séjour pour lequel rien n'était préparé, il fallut pêcher nos repas faute de ravitaillement. En même temps, je ratais mon retour en Europe via les États-Unis, et je fus obligée de rentrer par les Indes, par un vol qui mit quarante-six heures et douze escales pour rejoindre Paris. Quatre équipages se relayèrent et se passèrent le mot pour ne pas me déranger dans mon coin où, par une espèce de grâce céleste, je m'étais mise à dormir comme un loir. Je ne me suis réveillée qu'une fois à Rome et j'eus vraiment l'impression d'avoir hiberné. Il ne restait plus que deux heures pour arriver fraîche comme une rose à Paris. Je crois que c'est un voyage comme il n'en existe plus.

À l'arrivée, Sacha m'attendait, les bras chargés de fleurs, et je connus la joie des retrouvailles avec l'homme aimé, chacun entièrement absorbé par la présence de l'autre. Nous décidâmes tout de suite de nous marier au mois de janvier suivant à Megève.

Juste avant, au terme d'une session de tests et de formation, je reçus le second et dernier diplôme de ma vie : celui de monitrice de ski.

5.

Le mariage approchait et la vie s'annonçait plutôt radieuse. Avant tout, nous voulions que la cérémonie soit discrète, comme tout le reste. Même si j'ai pu apparaître, à certains moments de ma vie, dans des situations où l'on pouvait difficilement manquer de me remarquer, comme à la une d'un magazine, j'ai toujours eu en commun avec mon père un penchant certain pour la discrétion. L'un de ses préceptes n'était-il pas : « Pour vivre heureux, vivons cachés » ?

Pour mon mariage, je ne souhaitais rien d'autre que la plus grande tranquillité possible, avec la famille et les amis. Sacha partageait mon souhait, même si la chose était plus délicate pour lui. Un mariage discret était donc une gageure.

Le premier devoir, quand on se marie, consiste à publier les bans. C'est une obligation à laquelle personne ne peut se dérober, peut-être liée à des cas de bigamie dans le passé mais il est clair que ce n'était pas ce dont nous avions le plus grand besoin. Aussi avions-nous trouvé une combine que nous croyions efficace, dans notre naïveté : cacher notre annonce sous d'autres sur le panneau de la mairie.

Par ailleurs, la date que nous avions fixée coïncidait avec la coupe Émile Allais, épreuve célèbre comptant pour la coupe du monde, qui se déroulait sur une piste très dangereuse. Je me le rappelle parce que je devais assister à cette course trois ans plus tard, et qu'en voyant le fameux mur de Bornet qui se terminait par un virage à angle droit au-delà duquel s'étendait la forêt, sans aucune protection, je fus terrifiée. Si un coureur manquait ce virage, il irait immanquablement se mettre en pièces contre les arbres. Par malheur ma vision était prémonitoire. Alors que sous l'emprise de ma mauvaise impression je refusais d'en voir plus long et rentrais chez moi, le temps que j'arrive dans Megève, Michel Bozon s'était tué exactement à l'endroit pressenti. C'est une étrange impression que d'avoir senti rôder la mort, puis de la voir frapper. Aujourd'hui, la piste n'est plus homologuée.

Le jour de notre mariage, j'étais certaine que la coupe Émile Allais attirerait les foules pour nous assurer la cérémonie la plus paisible qui soit. Sacha et moi avions choisi la date sans y prêter attention, mais nous nous félicitions de la coïncidence. D'après nous, tous les journalistes seraient accaparés par la course. Cette fois, je me montrai moins clairvoyante, car la seule chose que nous avions oubliée, c'est qu'il était autant dans les attributions du maire d'assister à la coupe qu'à notre mariage. De telles méprises, lorsqu'on a tout son plan en tête avec son parfait déroulement – parfaitement fantaisiste –, donnent l'impression d'être un oiseau tout juste échappé du nid.

Le jour venu, Megève était magnifique. Il avait neigé nuit et jour pendant une semaine pour que le soleil apparaisse enfin dans un grand ciel bleu inaltérable, donnant la lumière la plus belle dont on puisse rêver. Toujours habitée par mon souci de discrétion, j'avais demandé à des amis de me prêter une vieille voiture que personne ne remarquerait. Mon illusion tenait bon. Ce n'est qu'en arrivant aux abords de la mairie, dans mon carrosse brinquebalant qui ne valait pas beaucoup mieux qu'une citrouille, que je dus constater la déroute complète de ma stratégie. La place de la mairie n'était plus qu'un grouillement humain. Innocente que j'étais ! Je ne me rendais pas encore bien compte de ce qu'est la célébrité. Mais avec cette foule amassée autour de la mairie et au milieu de laquelle je dus me frayer un passage, je n'avais encore rien vu : en entrant dans la mairie, je me trouvai face à un mur de photographes avec leurs appareils étagés sur trois niveaux, pareil à la formation d'un peloton d'exécution. Je demeurai une seconde interdite puis mon sang ne fit qu'un tour : je saisis Sacha par le bras et l'entraînai au fond de la salle. Je lui dis, à fleur de peau : « Je te préviens, je ne me marie pas devant ces guignols ! » Ça commençait fort ! Je reconnais que j'étais un peu hors de moi. Du reste, Sacha m'a beaucoup reproché cette phrase, parce que j'avais parlé trop fort pour qu'elle échappe au photographe d'*Ici Paris* qui se trouvait juste derrière moi. Sa délicatesse et son sens des relations publiques en souffraient. Il n'empêche, je considérais tout cela comme une comédie. J'estimais avoir le droit, le jour de mon mariage, de ne pas me laisser envahir par une facette de mon futur mari qui ne le représentait pas à mes yeux. Plus tard, j'allais connaître certains avantages de la célébrité dont je devais profiter, mais aussi certaines calamités redoutables. Sans doute « la rançon du succès », comme on dit. À vrai dire, ça ne faisait que commencer.

Je n'avais nullement l'intention de faire la vedette plus que la vedette, mais notre mariage dans ces conditions devenait tout simplement une parodie. Je dus me calmer parce que je ne voulais pas gâcher ce grand jour. Finalement, nous avons convenu d'une entente : pour échapper à la parodie d'un côté, nous nous y sommes soumis de l'autre. Dans un premier temps, les photographes vidèrent les lieux à l'exception de Georges Dambier qui était là en tant qu'ami, pour nous laisser nous marier dans l'intimité. Une fois mariés et les registres signés par les témoins, nous avons recommencé la cérémonie pour la presse... On peut presque dire que Sacha et moi avons été mariés deux fois.

Sacha avait choisi Claude Deffe pour témoin, son copain de lycée qui s'occupait de la maison d'édition de disques et qui l'accompagnait dans tous ses voyages. Pour moi ce fut plus compliqué, parce que ma plus vieille amie, Astrid Grandet, avait épousé un garçon de la haute bourgeoisie parisienne qui considérait qu'on n'épousait pas un saltimbanque et qui empêcha sa femme d'être mon témoin. Ce fut une véritable épreuve. Mais notre amitié y survécut cependant et elle dure maintenant depuis plus de cinquante ans. Aussi avais-je choisi au dernier moment sa sœur Joanna, qui était elle aussi une amie tout en représentant un peu Astrid.

À la sortie de la mairie, tous mes amis moniteurs nous firent une haie d'honneur avec des bâtons de ski, et Sacha et moi sommes montés en traîneau pour rejoindre le téléphérique de Rochebrune, lieu qui revêtait le charme éternel de notre première rencontre et où nous recevions nos amis pour un verre. Ensuite nous nous dirigeâmes vers le Torrent pour un déjeuner de mariage en petit comité, après quoi nous sommes allés suivre la coupe Émile Allais à la télévision chez des amis. Il n'y eut pas de fête, rien d'exceptionnel ne fut organisé, ce fut simple et c'était bien ainsi.

Notre mariage fut sans doute dans tous les journaux. Je ne les ai pas lus à l'époque. Ils ont dû être conservés quelque part, mais je n'ai pas l'habitude de me pencher sur mon passé. S'il m'arrive d'ouvrir un tiroir et d'y trouver par hasard des photos qui y dorment, je suis toujours bouleversée. Voir les garçons quand ils étaient enfants, toute cette vie passée, arriver à la fin... Je me dis : « La barbe ! » et je range mes souvenirs. Je n'ai pas de nostalgie, ce serait plutôt de la mélancolie. Ce n'est pas exactement la même chose. Autant que possible, j'évite d'évoquer le passé dans ma vie, et d'autant plus maintenant que Sacha est parti et que j'y suis encore plus sensible. Tout ce qui a existé, qui n'existe plus et qui n'existera plus, n'est pas à revivre. Du moins je ne peux et ne veux surtout pas m'y complaire.

Peut-être que dans dix ou quinze ans je me retrouverai larmoyante avec mes photos dans mes mains tremblantes, mais j'ai décidé depuis longtemps d'être les pieds dans la réalité. Comme j'aime la vie, et qu'elle est si fragile, je veux en profiter le mieux possible en essayant de ne faire de tort à personne, et si possible d'apporter ce que je peux pour adoucir le sort. Mes amis m'ont toujours considérée comme quelqu'un de solide, de naturellement équilibré. Combien de fois n'ai-je pas entendu : « Mais tu es forte, toi ! Tu es courageuse ! » Certes, mais j'ai ma façon de prier, et si l'on me voit comme forte, c'est surtout parce que je me tais, ce qui ne m'empêche pas de pleurer. Puis je repars. Comme tous ceux qui continuent.

Le moment de vérité entre Sacha et mon père devait se passer comme je me l'étais imaginé. La rencontre entre le banquier protestant et celui qu'il avait considéré sans hésitation comme un bateleur en mal de publicité. Je savais que cette mauvaise disposition n'était pas sérieuse. Ça ne devait évidemment pas durer un quart d'heure quand ils se rencontrèrent. Entre mon père et Sacha, naquit presque immédiatement une sympathie sincère. L'estime de mon père pour Sacha m'importait beaucoup et elle fut véritable. Mon père était un homme entier, peut-être capable d'un jugement hâtif mais incapable de mauvaise foi et de duplicité. Et il revenait sur de tels jugements avec facilité. Dès qu'il put me parler un instant, il me dit que j'avais bien fait d'épouser Sacha, ce qui était une marque infaillible de sa bénédiction. Ce qui m'avait étonnée, c'est que mon père, qui me connaissait et qui avait confiance en moi, se soit méfié de mon choix. Je ne me serais jamais mariée avec un cabotin ou un calculateur. Ce que je compris, c'est qu'il se méfiait de ses filles amoureuses, c'est-à-dire de certains dérèglements que l'amour, selon lui, provoquait trop souvent.

De son côté, Sacha aimait sincèrement mon père, et la joie qu'ils eurent toujours à se voir était visible, malgré leur grande pudeur. Cette affection réelle qu'ils éprouvaient l'un pour l'autre fut toujours une grâce. Ce fut aussi parfois un baume, dans certains moments de doute et de peine.

6.

J'ai toujours su garder les pieds sur terre, et c'est une part de ma réputation. Cependant j'ai aussi l'esprit disposé à accepter ce dont la plupart des gens doutent, s'ils ne le rejettent, comme la présence des anges et l'existence d'autres dimensions. J'ai toujours vécu dans la réalité même si parfois j'aurais pu me laisser flotter en plein rêve, ce qui ne peut jamais durer bien longtemps, car le rêve ne se partage pas et qu'on en est toujours tiré un jour ou l'autre.

Dans les premiers temps de notre mariage, la vie m'apparut si différente de ce à quoi une jeune fille comme moi pouvait s'attendre, que je reçus un vrai choc. Notre couple faisait rêver le public. Je découvris cette fascination et cet élan d'affection que nous pouvions provoquer alors que nous n'étions pas encore mariés, à l'occasion d'une première au palais de Chaillot. Cela se passa à la sortie du spectacle. Il y avait une foule compacte devant le théâtre, qui s'était amassée dans l'espoir de voir des visages célèbres. Quand nous apparûmes, il y eut une clameur et une vague d'applaudissements de plusieurs secondes. J'étais médusée. J'avais du mal à croire qu'une telle effusion fût possible, que l'apparition de quiconque puisse créer un festival de Cannes en miniature. Étrangement, ce n'était pas seulement Sacha qui déclenchait cette ferveur, car seul il ne fut jamais accueilli de la sorte en pleine rue, en dehors de la furie brésilienne, mais bien notre couple. Évidemment je ne prenais pas ces hommages personnellement. Cependant nous étions mitraillés dès que nous allions quelque part. Nous faisions rêver et je ne saurais dire pourquoi. Même seule, j'étais reconnue dans la rue et j'entendais chuchoter sur mon passage. Autant il m'arrivait d'être flattée, autant je pouvais être indignée par la curiosité indiscrète de certaines personnes. Combien de fois n'ai-je pas entendu, peut-être encore plus sidérée que devant les applaudissements du palais de Chaillot, des réflexions à quelques mètres de Sacha exactement comme s'il s'agissait d'une statue. « Regarde les beaux yeux qu'il a ! » Ce n'était certes pas méchant mais cela me dérangeait toujours. Il y avait aussi des propos moins agréables comme « Tiens, il est plus petit que je croyais ! ». Ce sont des remarques que l'on fait au zoo devant les cages ou les fosses des animaux.

Pourtant ça ne m'a pas gâché la vie. Il y a deux facettes à la célébrité comme à tout, et je dois reconnaître qu'elle m'a apporté plus de facilités que de tracas. J'en ai même goûté les bienfaits, comme ces mots pleins de gentillesse qui vous arrivent, inattendus, parfaitement gratuits, d'inconnus que l'on croise dans des moments de désarroi.

Le goût prononcé que j'ai pour la discrétion me fit refuser de faire du cinéma quand je n'avais pas encore vingt ans. La proposition était venue de Marc Allégret qui m'avait délégué son ami Christian Marquant. Comme j'avais déjà contrevenu à la sacro-sainte discrétion en faisant des publicités et des photos de mode, j'avais été remarquée. J'étais apparue dans un tas de journaux, et cela ne manqua pas de provoquer les foudres de mon père, qui devint fou de rage au point de couper la pension qu'il versait à ma mère, car à l'époque on était encore mineur jusqu'à vingt et un ans. Pour lui, les mannequins étaient à peu de choses près des gens perdus. Dans mon milieu, on avait encore des idées extrêmement arrêtées sur ce qui se fait et ne se fait pas. Lorsque la sentence « Ça ne se fait pas ! » tombait, il n'y avait pas à discuter. Et il y avait pas mal de choses qui « ne se faisaient pas », notamment être mannequin pour la publicité ou pour la mode. La seule erreur de mon père, c'est que n'ayant aucune intention d'abandonner mon gagne-pain, je dus travailler beaucoup plus pour assurer les cinq cents francs dont ma mère se voyait privée, en plus de ce qu'il me fallait. Travailler davantage, c'était se faire remarquer davantage et c'est ce qui me valut la proposition de faire du cinéma. Au-delà de son exaspération, je crois tout de même que mon père n'en conçut, au bout du compte, que de l'admiration pour moi, car j'arrivais à donner l'équivalent de sa pension à ma mère sans avoir à me priver pour autant.

Je me souviens très bien qu'au début, tandis que je n'avais travaillé jusqu'alors qu'autant que cela me suffisait, et que je dus soudain multiplier mes revenus, je n'en menais pas large. Je me revois plantée à côté du téléphone, attendant des réponses dans l'angoisse. En repensant à cette période, j'en viens même à me dire que j'étais très courageuse !

Assez vite, les affaires ont bien marché pour moi. J'ai même fait pas mal de défilés pour la mode teenage de l'époque. Quant au cinéma, ce fut très sérieux. Christian Marquant me proposa d'emblée un rôle. Il venait me chercher à la sortie du cours de philo – je préparais ce qui était alors la seconde partie du bac. Il formait avec quelques garçons dont Roger Vadim une bande célèbre, anti-bourgeoise, que je devais fréquenter un peu plus tard et dont l'esprit de liberté m'apporta beaucoup. Mais en attendant je refusais l'offre de Marc Allégret. Évidemment, il n'était absolument pas dit qu'une carrière de comédienne m'aurait convenu et encore moins que j'y réussirais, mais je ne voulais tout simplement pas risquer d'être exposée. Parce qu'il faut reconnaître que si l'on cherche à se faire remarquer dans les métiers du spectacle et que l'on y réussit, on ne peut pas rejeter certains côtés parfois dérangeants de la célébrité. Il est compréhensible que le public, qui décide ou non du succès, s'intéresse à la vie de ses idoles et je crois qu'il en a toujours été ainsi. Je considérais qu'il était conséquent, étant donné mon inclination pour la discrétion, de ne pas mettre les pieds là où ma nature serait brutalisée. C'est la seule raison de mon refus.

D'un autre côté, la célébrité facilite réellement la vie quotidienne. Du moins dans le cas de Sacha qui était très aimé : ce sont les multiples preuves de cette sympathie qui font que l'existence est beaucoup plus simple. C'est tout bête, mais quand un garagiste ne pouvait pas faire une réparation avant une semaine pour tout un chacun, il nous la faisait dans l'après-midi. Cela se faisait naturellement sans que Sacha cherche jamais à être favorisé. Nous ne connaissions pas d'attente ni de refus. Partout nous étions accueillis chaleureusement, et nous éprouvions cette impression extrêmement agréable d'être toujours les bienvenus, sinon prioritaires.

En même temps que cette nouvelle vie, je découvrais un monde totalement inconnu pour moi. Je ne connaissais rien au milieu de Sacha, au monde de la musique, à ses copains. Je me souviens que la première fois que Sacha me donna rendez-vous devant l'Olympia, où il avait ses bureaux, pour aller déjeuner, je ne savais même pas où cela se trouvait. Mon premier contact dans son monde fut à l'Esquinade, à Megève, ce soir où je m'étais montrée si réservée. J'étais juste silencieuse, mais présente et somme toute assez tranquille.

Quand j'étais jeune fille, ma mère reçut un soir François Mitterrand. Il était alors ministre de la Quatrième République. Ma mère était très mondaine, elle aimait sans grand discernement les hommes célèbres et recevait volontiers des personnalités parce que son charme et sa situation le lui permettaient. Sans que je sache très bien comment, François Mitterrand en fit partie. Cette sorte de snobisme m'irritait énormément, et c'est la raison pour laquelle, lorsqu'elle voulut me présenter parce qu'elle était fière de moi et qu'elle me trouvait très mignonne, je lui dis, suffisamment fort pour être entendue, que je n'en avais rien à faire de son ministre. Je n'avais rien contre François Mitterrand et je ne tenais pas à être délibérément désagréable, mais je ne voulais simplement pas le voir. J'ai toujours été réfractaire à toute mondanité.

Le monde de Sacha, c'était autre chose. C'était l'effervescence d'une jeunesse très vivante, toujours par monts et par vaux, créative, pleine de projets et qui semblait connaître une sorte de dolce vita perpétuelle. Tous travaillaient, beaucoup rencontraient le succès, mais c'est la gaieté qui dominait. Personne ne semblait s'inquiéter pour l'avenir et observer le monde avec des sueurs froides. Je découvrais des personnes qui vivaient dans le présent et j'ai appris que c'est la meilleure manière de vivre, sans que cela empêche un peu d'organisation. Aujourd'hui nous vivons dans l'angoisse et ce n'est pas une solution. L'angoisse est même une chose odieuse. Il y a une confiance bienfaisante et inhérente à notre nature qui semble s'être retirée loin à l'intérieur. Qui sait si l'angoisse ne détermine pas les circonstances en dépit de la conviction très répandue du contraire ? Je me place du côté des activistes de la conscience, pas de celui de ses victimes. J'avais sous les yeux un monde d'un optimisme infini. Pour le coup, je n'y étais pas du tout étrangère, mon père étant en réalité un optimiste invétéré, ce qu'il démontra toute sa vie.

Ce qui ne m'était pas familier, c'était l'atmosphère de rigolade générale. Les réunions étaient fréquentes et bruyantes, en bande où l'on plaisantait sans arrêt, dans une bonne humeur constante et parfois survoltée. Tout le monde en prenait pour son grade, mais l'affection dominait. Les éclats de rire étaient permanents. Claude Deffe alors steward, en plein âge d'or du transport aérien, était de toutes les fêtes. Il était bon vivant et très drôle. Par la suite, il dirigea longtemps la maison d'édition de disques de Sacha.

Je sais que Sacha appréciait mon côté réservé de « jeune fille de bonne famille ». Ce n'était pas par attirance pour son contraire, car nous étions à peu de choses près du même milieu. Nos familles habitaient le même quartier et il avait fait ses études à Jeanson-de-Sailly. Enfant, pour rejoindre l'école des sœurs, je passais non loin de son lycée où il forma son premier groupe, les *Noise Makers.* Certaines de ses plus grandes amitiés datent de ce temps-là.

Je découvrais aussi les spectacles. C'est lors d'une première à l'Olympia que je tombai, comme tant d'autres avant moi, sous le charme de Sacha Distel, le chanteur. Je ne l'avais jamais vu sous ce jour et je fus éblouie. Il avait une très belle voix, c'était un grand chanteur associé à un vrai musicien que ses pairs reconnurent toujours, en particulier dans le milieu du jazz où l'accession à la légitimité est féroce. Sacha sur scène était retenue et don. Il avait une présence très élégante, fascinante et apaisante à la fois. Il savait emmener toute une foule dans ses périples, en douceur mais sûrement. Je comprenais son succès : en plus d'être l'homme que j'aimais, c'était un artiste qui savait s'exprimer. Quand nous nous sommes retrouvés après ce concert, je lui ai dit en m'amusant mais en le pensant que j'étais tombée amoureuse de Sacha Distel.

Pourtant, Dieu sait que la variété, ce n'était pas mon truc. Sans porter de jugement, je ne m'y intéressais pas. J'ai toujours entendu Sacha dire qu'il cherchait à chanter de jolies chansons. Sa carrière démarra à Alger en 1959 avec une foule en folie. Dès lors son succès fut immense et sa carrière marquée à jamais du sceau de la variété alors que lui-même se voyait d'abord comme un musicien. Il travaillait sa guitare et sa voix, faisait ses gammes tous les jours et très méthodiquement, en perfectionniste qu'il était. Ce n'est pas un hasard si Sacha donna pour titre à l'autobiographie qu'il finit d'écrire juste avant de partir : *Profession musicien*. D'ailleurs je n'oublie pas qu'à la fin des années 60, Sacha avait été invité à jouer en compagnie de Louis Armstrong et son orchestre pour la soirée de clôture du festival de jazz d'Antibes. C'était un rêve d'adolescent qui se réalisait. Le lendemain, le grand Louis lui envoya son manager pour lui proposer de terminer sa tournée européenne avec lui. Sacha devait terminer sa propre tournée, mais il écrivit plus tard que c'est « le cœur gros » qu'il dut décliner l'invitation.

En avril 2006, le chanteur anglais Morrissey donnait un concert unique à l'Olympia. Il se rendit célèbre comme leader des Smiths au début des années 80, avant de poursuivre en solitaire avec le même succès et une reconnaissance accrue. Depuis plus de vingt ans, il s'est attiré des inconditionnels dans le monde entier et joue à guichets fermés. Les billets pour cette date unique se sont arrachés dans la matinée même de leur mise en vente. Mais la surprise n'est pas là : Morrissey fit projeter une immense photo de Sacha sur le mur du fond de scène avant d'y entrer. La photo représentait Sacha jeune, le regard concentré, sa guitare sur les genoux. Il la laissa pour les trois premiers morceaux, et entre chacun il parla de Sacha, se demandant si de là où il était il appréciait ses plaisanteries, et le plaçant au sommet de son panthéon des chanteurs français, au-dessus de Françoise Hardy et de Serge Gainsbourg qu'il cita, concluant : « *But Sacha is the best !* »

L'image de Sacha fut à nouveau projetée à la fin du concert afin qu'on ne l'oublie surtout pas. Pour que l'anecdote soit parfaite, il fallut que soit présente à ce concert une de mes connaissances qui me raconta cette mise en scène incroyable. C'était au moment même où j'étais plongée dans l'écriture de ce livre. Par la suite, Morrissey honora Sacha de la sorte à chacune des dates de sa tournée. J'en reçus plusieurs fois le témoignage par des personnes qui pensèrent avec raison me faire plaisir. J'estime qu'il s'agit là d'un des signes troublants qui jalonnent mon existence, d'autant que le public de Morrissey et celui de Sacha n'ont pas grand-chose en commun.

Peu de temps avant la mort de Sacha, c'est le chanteur de pop anglais Robbie Williams qui s'adressa au public parisien avant de chanter : « Vous avez deux monuments à Paris, la tour Eiffel et Sacha Distel. » C'est ma belle-fille qui m'a raconté cette histoire.

Durant l'été 2006, Dee Dee Bridgewater rendit à nouveau un hommage appuyé à Sacha durant le festival de Marciac. Je crois qu'elle l'appelait notamment son « âme sœur ». Décidément nul n'est prophète en son pays.

En même temps, Sacha était d'une grande discrétion avec sa musique et je ne l'ai jamais vu prendre sa guitare et jouer des impromptus pour les amis. C'était l'effet de sa délicatesse, qui voulait que même s'il appréciait la célébrité au point qu'elle était devenue une part de sa personnalité, il n'était pas homme à aimer se produire. Je crois que Sacha aurait difficilement pu se passer de la popularité, tout en n'aimant pas se faire remarquer. Il n'a jamais été prétentieux, méprisant ou agressif, et son humilité plaisait sans qu'il le cherche. D'ailleurs, sa célébrité n'a jamais déteint sur sa vie personnelle : Sacha ne se considérait pas lui-même comme quelqu'un de célèbre. À mon avis, se voir en tant que célébrité est ce qui conduit certains à perdre les pédales. Et je crois aussi que la retenue est un trait courant de la plupart de ceux qui connaissent un destin similaire. Sinon l'avenir peut être court.

Par la force des choses, j'ai un peu connu le monde du show business, et certaines de ses personnalités les plus en vue. Parfois, nous recevions des « collègues » de Sacha à la maison, mais je suis quand même restée étrangère au milieu. D'autres que moi s'y seraient peut-être intégrées, mais il faut le désirer et je n'étais pas fascinée. Mon milieu à moi, c'est la montagne – je me réservais plutôt comme folies des périodes de ski avec mes amis et des séjours de marche dans l'Himalaya – mais j'ai tout de même fait à Paris de belles rencontres. J'aimais beaucoup Bruno Coquatrix, de même que Johnny, à qui Sacha fit découvrir Saint-Tropez quand il était au tout début de sa carrière. À chaque fois que je revois Johnny, il me rappelle en rigolant que je trouvais affreuses ses rouflaquettes de l'époque et que je lui disais : « Tu vas me faire le plaisir de les raser ! » Quelle mémoire ce Johnny ! J'ai ainsi rencontré beaucoup de monde dont les noms sont encore connus de tous en France, d'autres quasiment oubliés dans la succession des générations, ce qui sera le sort aussi bien de Sacha que de Johnny.

Cependant, quand je dis que je n'étais pas fascinée, je me rappelle même que j'étais plutôt indifférente à tous les battages et que si je devais aller à l'une de ces grandes premières qui attirent le ban et l'arrière-ban, c'était toujours avec des semelles de plomb. Cette sensation est bien significative. Je parle des premières comme il n'en existe plus vraiment aujourd'hui et qui sont de grands tralalas où la profession se ruait avec toute sa cour. Souvent, les artistes qui se produisaient n'en menaient pas large car ce public était très critique. Évidemment, j'allais aux premières de Sacha et je partageais son excitation et son angoisse, comme à la soirée mémorable où il chanta pour la réouverture de l'ABC. Dans ces moments-là je ne faisais qu'un avec lui, je vibrais pour lui et j'étais presque sur scène. Après le succès, j'éprouvai la même libération et le même bonheur. Parmi nos grands souvenirs de spectacle et de joie, il y avait les fêtes inoubliables qui suivaient les Sacha Shows avec les Carpentier, Maritie et Gilbert. Il suffit de considérer la présence de Jean-Pierre Cassel, de Jean Yanne, de Jacques Dutronc, d'Aldo Maccione, de Henri Salvador, de Serge Gainsbourg, de Petula Clark, de Brigitte Bardot, pour imaginer l'ambiance. Pendant plus de dix ans à raison de quatre ou cinq Sacha Shows par an, tournés pour la télévision, nous eûmes quelques fêtes soignées.

Entre autres soirées mémorables, je me rappelle une soirée à l'Esquinade, aux premiers temps de nos amours, à Megève, où les hommes finirent par tout casser autour d'eux. Ce soir-là, plusieurs groupes s'étaient retrouvés après le dîner, selon la coutume, pour terminer la soirée. Je n'ai jamais aimé les bandes parce qu'on y est trop nombreux pour se parler. Mais là, il ne fut pas question de discussions. Le délire couvait imperceptiblement et fut déclenché quand un garçon que j'avais connu tout jeune à Val-d'Isère se saisit d'une bombe de crème chantilly et se mit, au milieu de la piste de danse, à dessiner sur le dos d'un danseur. Ce simple geste de potache déclencha une rigolade effrénée qui devint subitement une tempête. On ne savait plus qui était qui et cela dégénéra à coup de seaux d'eau et de tout ce qui pouvait tomber sous la main. Dans ces occasions-là, Sacha n'était pas le dernier. Les femmes essayaient de se protéger avec des coussins alors que tout ce que contenait la salle se mit à voler dans tous les sens. À un moment, pour fuir je ne sais quel déluge qui me menaçait, mais de provenance indistincte, j'ai essayé de m'échapper à travers la piste de danse et j'ai dérapé sur un glaçon pour m'effondrer par terre où je m'entaillai la main sur un morceau de verre. Complètement trempée comme si je sortais d'un bain, une main en sang, je me retrouvai chez le docteur en soutien-gorge avec un manteau de fourrure sur les épaules. C'était très bon enfant mais ce fut tout de même une véritable pagaille. Je pense que les dégâts matériels furent assez conséquents mais il n'y eut pas d'autre victime que moi avec ma légère blessure. Plusieurs fois, avec Sacha, nous nous sommes remémoré cette vague dionysiaque et toutes les personnes qui étaient présentes ce soir-là et que je connais se la rappellent avec la même étincelle dans le regard.

Un soir, dans les années 80, Sacha me réserva une surprise touchante. J'avais toujours aimé Neil Diamond. Le jour de mon anniversaire, il chantait à Paris et nous avions été invités pour souper chez Maxim's après le spectacle. Comme tout le monde attendait Neil, les lumières s'éteignirent et il entra, chargé d'un énorme gâteau en chantant : *Happy birthday Francine*... me gratifiant à l'américaine d'un baiser sur la bouche. J'étais si émue que j'eus du mal à souffler les bougies.

Je dois aussi reconnaître que j'ai vécu des soirées de scène inoubliables, qu'Edith Piaf et Jacques Brel, que j'ai eu le bonheur de voir, m'ont bouleversée et que cette sensation renaît à chaque fois que j'y repense. Avec la toute première fois où je vis chanter Sacha, ce furent des moments d'une rare intensité, où la magie qui est dans l'air se révèle par l'alchimie de toutes les présences, et où le public abandonné se laisse emporter par l'artiste, dans un grand vaisseau unique où nos milliers de cœurs vibrent à l'unisson. Je crois à la vertu de ces émotions partagées, parce que tout ce qui peut nous rassembler, nous faire comprendre que nous sommes les uns avec les autres qu'on le veuille ou non, cet embrassement de tous par la grâce de l'artiste, cela nous grandit.

J'étais fière que Sacha soit un homme capable de créer une telle atmosphère. Pour un artiste, il faut absolument passer la rampe, et cela n'est pas dû qu'au travail exigé par n'importe quelle réussite, mais aussi à un don particulier de capter l'attention, de dissiper les pensées quotidiennes et de faire chacun s'oublier. Je pense à l'oubli de nos limites, qui est en même temps le rappel d'une vérité meilleure, car tout ce qui sort de réellement bon d'une seule personne est destiné à toutes. Et cette capacité de donner, c'est la grâce insigne des artistes.

7.

Lorsque je pense au mariage, au fait de se lier pour toujours, j'ai du mal à ne pas envisager la chose comme une sorte d'aberration. Je parle en général, sans considérer tout ce qui nous caractérisait Sacha et moi.

Si je regarde ma vie avec calme, qui fut pour sa plus grande part une vie de femme mariée, c'est la première réflexion qui me vient. Oui, il faut reconnaître que le mariage est une aberration, et en cela un pari presque fou. Pourtant la force de la coutume est telle que les femmes s'y jettent encore avec une innocence déroutante. Et souvent même comme si c'était la fin de leurs soucis alors que ça ne fait que commencer. À chaque fois que je vois un jeune couple prêt à s'unir, je ne peux pas m'empêcher de me dire, avec un brin de commisération, qu'ils ne savent pas ce qui les attend.

Quand on aime quelqu'un et que l'on veut se marier, on ne se pose aucune question, et c'est préférable pour les statistiques et le commerce de la nuptialité. Car pour peu que l'on y réfléchisse, on se rend vite compte que l'on n'aura pas qu'à s'installer et à prendre ses aises. Il n'y a pas de bulle idyllique. Pourtant, notre perspective à Sacha et à moi était loin d'être celle de la mine. D'abord, nous nous aimions, et nous fûmes toujours dans une situation matérielle très privilégiée. De surcroît, Sacha gagnait sa vie grâce à sa passion. Quoi de plus épanouissant ? Dès que nous fûmes mariés, nous nous installâmes dans la maison que Sacha avait achetée près du bois de Boulogne, où j'habite désormais seule et où d'ailleurs je ne me supporte plus.

Je tenais à me marier, puisque j'ai dû aider Sacha à se décider, et je n'ai pas un soupçon de regret. Par ailleurs, que pouvait être la vie d'une femme seule de ma génération, surtout si elle voulait avoir une famille ? Le dilemme n'était pas un casse-tête, et sa solution très simple : le mariage. Le mariage est la solution à la famille et j'ai toujours considéré qu'il n'avait de sens que dans cette optique. Avoir des enfants était notre vœu le plus cher, qui nous fut accordé par la naissance de Laurent en octobre 1964, grâce renouvelée trois ans plus tard avec celle de Julien.

Je pense aussi qu'un couple uni, s'il est possible de préserver l'union, est un facteur d'équilibre pour les enfants. À la maison, le climat était serein et je me rappelle que beaucoup d'amis de mes fils dont les parents avaient divorcé venaient chez nous et s'y sentaient bien. Je sais aussi que certains de ces enfants ont été durablement perturbés par le divorce de leurs parents. Et même si Laurent et Julien nous ont évité bien des angoisses, Sacha et moi avons éprouvé un soulagement réel quand nous les avons vus devenir des hommes, sains de corps et d'esprit, ayant échappé à tous les écueils de l'adolescence et à bien des malheurs... Je n'étais pas plus sûre de moi que quiconque avec mes fils, et j'ai eu encore de la chance. Si je peux me féliciter d'une seule décision que j'ai prise pour eux, c'est de les avoir élevés à Megève de Noël à Pâques jusqu'au secondaire. Cette vie leur fut bénéfique et mon goût pour la montagne se justifie encore de la plus convaincante des manières ! Habitués dès leur plus jeune âge à « l'élément », ce sont de très bons skieurs et je crois que maîtriser un sport peut être pour une bonne part dans l'équilibre personnel. C'est d'abord une confrontation, puis un plaisir et un acquis.

Quand on est amoureux, on ne peut pas envisager le mariage comme une folie. Il n'apparaît ainsi qu'au bout d'un certain nombre d'années, lorsqu'on se rend compte, même au cœur d'une union réussie comme je considère que fut la nôtre, qu'il peut être très long de passer sa vie à deux. Pourtant avec cet amour partagé et notre désir de foyer, notre mariage se justifiait par les meilleures raisons possibles. Mais il s'agit bien de partager sa vie entière avec quelqu'un d'autre. Partager sa vie est une chose magnifique, sans doute nécessaire mais qui soumet à des épreuves. Si l'on se marie honnêtement, on se trouve engagé dans les actes et les pensées de son conjoint. Il ne s'agit pas d'intrusion ou de possession, mais d'un processus naturel qui fait que par notre volonté commune, nous sommes désormais ensemble et nous vivons l'un pour l'autre. C'est le sens que revêt selon moi la phrase de Saint-Exupéry qui dit qu'être amoureux, ce n'est pas se regarder dans les yeux mais regarder dans la même direction. Je n'ai pas d'autre conception du mariage.

Épreuve pour épreuve, c'est celle de l'autre ou celle de la solitude. Et rien ne peut justifier la solitude à mes yeux. Je parle de la solitude subie, de la sensation de solitude.

J'emploie le terme d'aberration à propos du mariage parce qu'il faut des efforts que l'on ne peut pas soupçonner, quand on y aspire, pour tenir le coup. Je crois que cela est vrai dans tous les cas de figure. Avec toutes nos faiblesses, la simple conception du mariage dans la fidélité absolue et le soutien sans faille jusqu'à la mort est une curiosité. La vie d'un homme est courte, mais elle est aussi d'une longueur infinie s'il faut vivre avec quelqu'un sur qui l'on s'est trompé. Dans ce cas on peut même parler de torture. En fait, il faut un sens moral très développé pour tenir le coup. Beaucoup de personnes ne distinguent pas le bien du mal, et, tenaillées par leur égoïsme, ne sont préoccupées que de leur bien-être du moment. Aussi la facilité prend-elle souvent le pas sur des efforts qu'il faudrait concéder. Quand le relâchement domine, la situation devient critique. De la même manière, on ne peut pas voir à court terme, et bien que j'aie eu pour mari l'homme que j'aimais et que par-delà les épreuves j'aie connu le bonheur, il m'est arrivé de vouloir tout planter là, d'un coup. C'était peut-être pour que l'on s'intéresse à ma petite personne, et peut-être aussi parce que j'en avais vraiment marre. Quoi qu'il en soit, je n'ai jamais cédé à cette pulsion, mais je dois dire que l'idée de tout quitter sans plus donner de nouvelles à personne a toujours nourri mes fantasmes. J'en rêve encore même s'il n'est plus question pour moi de quitter quoi ou qui que ce soit.

Dans ces moments d'abattement, je me disais simplement qu'on verrait bien quand je ne serais plus là. Ce n'était pas sans une certaine jubilation que j'imaginais les conséquences de ma disparition. Les images de la pagaille et la réjouissance qu'elles entraînaient suffisaient sans doute à me calmer et à me dissuader d'un geste désastreux. J'ai donc toujours tenu bon, en femme de devoir que j'étais, ayant appris avec l'expérience qu'un mauvais moment finit toujours par passer.

Sacha, quant à lui, a souvent été conduit à la déraison par sa faiblesse qui était un goût ardent de la séduction. Il me l'avouait sans périphrase avec un regard un peu navré d'impuissance : « Je suis comme un gourmand à qui l'on tend ses douceurs favorites... » Dans sa situation, il n'avait qu'à se donner la peine de tendre la main. Autant que possible, je tâchais de ne pas m'en préoccuper.

Ainsi le mariage, où j'allais trouver de grandes joies, s'avéra une épreuve redoutable. Mais par-dessus tout, il y avait le sentiment suprême, que le seul mot qui le désigne faisait rejaillir immanquablement : l'amour qui, toujours, prenait le pas sur toutes les avanies et toutes les lassitudes. Le tumulte en moi finissait par s'apaiser, je reprenais les rênes de ma vie d'épouse et de mère, vie extrêmement banale qui demande néanmoins un cœur de lion et une patience de bonze, enfin un dévouement sans limite. Et même si de telles vertus ne suffisent pas, l'amour salvateur est là, ressource ultime, source perpétuelle qui efface tous les tourments, le premier et le dernier mot. Cette force simplement fantastique et fantastiquement simple, que ce vers d'Hölderlin fait résonner comme seul le plus grand des poètes le peut : « L'amour est là, qui aime. »

8.

Assez tôt dans mon adolescence, j'ai pris conscience de l'existence et de la valeur de l'intuition. Je crois que si elle s'est avérée quasiment infaillible par la suite, c'est que j'ai placé ma confiance dans mon intuition en décidant de m'y fier. L'intuition, par exemple, eut une grande part dans le choix de Sacha, comme dans celui de mes amis, de ceux qui m'ont aidée comme de ceux que j'ai pu aider. La vie n'est qu'échange et l'intuition en est le guide. Je ne me suis jamais trompée sur les gens et je dois en rendre grâce. Je ne donne pas ma confiance à n'importe qui, et c'est une des raisons pour lesquelles, pendant longtemps, on a pu me trouver réservée, voire renfermée. Aujourd'hui je suis plus ouverte, plus cordiale, mais autrefois je pouvais être carrément vache. Les hommes qui me faisaient la cour et qui ne me plaisaient pas, je les envoyais balader sèchement. C'est le genre d'attitude qui faisait souvent dire à Sacha : « Tu es rude. » Cela ne veut pas dire que je n'ai pas de tendresse, mais que je peux être directe et tranchante.

C'est avec l'expérience qu'on découvre la valeur de l'intuition, et avec l'attention qui est une chose magique. À force de ne pas m'être trompée plusieurs fois de suite, en étant attentive aux mouvements de mon âme, j'ai découvert assez vite que je pouvais être guidée dans ma vie. Quand on ne s'est pas trompé dix fois, on se dit qu'il existe des sensations révélatrices, qui font la lumière sur un monde souvent opaque. Le mot anglais *feeling* exprime bien ce que je veux dire. L'intuition m'a montré que plus je sais par la raison, plus je sais que je ne sais rien, et qu'il faut toujours aller vers ce que l'on aime, vers ce qui nous tente réellement. Quand mon père prononçait cette phrase que j'avais l'habitude d'entendre à propos des couples : « Sur le papier, ça colle », c'était la raison qui parlait. En vérité, ça « colle » rarement quand ça « colle » sur le papier.

L'intuition est précieuse aussi pour soi. Elle permet d'échapper aux faux-semblants que nous nous faisons subir. Combien de personnes ai-je connu qui ont plus ou moins raté leur vie pour une image qu'elles tenaient par-dessus tout à donner d'elles-mêmes, contre leur propre nature ? Comme ceux, par exemple, qui veulent absolument passer pour cultivés, qui sont si nombreux et que je n'ai jamais trouvés que snobs et prétentieux. Je dois reconnaître que je ne suis pas très tendre envers ceux ou celles en qui je vois des imposteurs, et que j'ai du mal à leur cacher mes sentiments. Je pense tout simplement que le discernement nous appartient, qu'il est à notre disposition et que s'il nous fait défaut, il y a un manque de notre part. Il y a aussi chez moi une foi très ancrée dans un phénomène comme la réincarnation, et qui s'accompagne de la notion de karma. Il est notable que nous sommes à peu près seuls, nous autres occidentaux, du haut de notre morgue, à réfuter ces notions pour fantaisistes, tandis que les trois quarts de l'humanité y croient sans délibérer.

Je connais des filles formidables mariées à des types qui, au fil du temps, se sont révélés de véritables psychopathes. Ce genre de personnages qui prennent plaisir à faire souffrir leur entourage, qui sont compliqués jusqu'à la confusion et qui ne cachent à peu près que des vices et des manipulations. Il m'est arrivé de mettre en garde des amies contre certains de ces hommes, du moins dans la mesure où je le pouvais et avec les difficultés d'un langage plein de précaution, et naturellement sans la moindre efficacité. Mes craintes se sont toujours confirmées. Il y a une réaction, un geste qui doit donner l'alarme. Le malheur est que la société réprime l'intuition et les mouvements du cœur, au profit de règles qui organisent tout sauf le bonheur. J'ai été protégée d'un tel sort et j'en bénis le ciel. Pourquoi telle amie pleine de qualités s'est-elle toujours trompée ou telle autre, tendre et dévouée, ne vit-elle que des catastrophes ? Pourquoi mon intuition m'a-t-elle toujours éclairée ? Je ne peux que me perdre en conjecture. C'est là que le règlement ou la rétribution d'actes ou de pensées antérieurs trouve son sens.

Et pour ce qui est de l'intuition, je crois qu'en somme nous l'avons tous à disposition mais que nous la développons plus ou moins. En vérité, la développer, c'est simplement s'y fier, et se poser les justes questions hors de toute contrainte extérieure.

9.

En revoyant ma vie jusqu'ici – Dieu merci, je n'ai pas alors à faire le décompte que de désastres – j'ai tendance à croire que nous n'avons à affronter que ce que nous sommes en mesure de supporter. Par exemple, j'ai eu une famille très compliquée où les choses se sont rarement passées paisiblement. Ma mère, qui était sans doute depuis longtemps dans un équilibre psychique précaire, devint maniacodépressive à la mort de ma sœur Christiane. Cette maladie fut difficile à vivre pour tous. Comme tous ceux qui sont atteints du même mal, ma mère passait d'un état d'excitation pathologique où elle entreprenait mille choses, faisant n'importe quoi, dépensant l'argent par brassées, à une apathie non moins maladive, sans réaction face à la vie, laissant tout aller à vau-l'eau et oubliant tout.

Traitée au lithium, elle alla mieux quelques temps, mais lorsqu'elle n'a plus suivi régulièrement son traitement, elle ne fut que désordre et imprévisibilité. C'est moi qui me suis principalement occupée d'elle et ce ne fut pas un cadeau. Pourtant, j'ai supporté ses sautes d'humeur, ses folies, son aboulie, avec une certaine patience. Parfois même, je goûtais avec elle des moments de grâce, car elle conserva jusqu'au bout des traces de son tempérament exceptionnel qui la rendait si chère à ses amis. Elle avait une grande culture, et sa nature pleine d'aisance rendait sa fréquentation extrêmement agréable dans les bons moments. Quand je pense que mes fils savent à peine qui sont La Fontaine, Racine ou Molière ! Parfois je me demande ce qu'ils ont fait à l'école... Être privé de ces joies uniques, de cette musique de la langue ! Ma mère, quant à elle, en connaissait des pages entières. La culture était pour elle une sorte de fleurissement de l'esprit et une joie qui se partage dans le cours de n'importe quelle conversation. Elle était aussi capable, à la fin de sa vie, alors qu'elle était une très vieille dame, de soulever une lourde table à bout de bras au-dessus de sa tête dans un accès de rage et de faire s'écarter tout le monde avec crainte. Mais nous avions surtout peur pour elle, et dans les pires moments je lui conservais toute ma tendresse.

En revanche, je n'ai jamais pu assumer les différences de caractère entre ma deuxième sœur et moi-même. Nous sommes sans doute responsables en partie de nos relations avec les autres, et avec nos proches en particulier, mais il vint un temps où des différends trop importants nous séparèrent définitivement. Je n'en tirai finalement, et je regrette de le dire, qu'un grand soulagement.

Néanmoins, je crois que ma sœur souffrit beaucoup du climat dégradé qui régnait à la maison, d'autant qu'elle dut le subir dans sa petite enfance alors que j'étais déjà indépendante. Puis du divorce de nos parents, tandis que je n'y voyais que la fin d'une relation désastreuse. En somme je l'ai considéré comme un bienfait. D'autre part, notre mère, tout en nous adorant, ne s'occupait pas beaucoup de nous et j'étais sans doute mieux armée que mes sœurs pour supporter cette absence. Notre père nous disait parfois : « Votre mère ne s'occupe pas de vous mais elle se jetterait par la fenêtre pour vous. » Je n'ai jamais douté de cela. Ma mère aimait sortir, elle était belle, elle aimait s'habiller, elle pouvait sembler frivole mais elle avait un cœur d'or : elle était simplement incapable de nous consacrer vraiment du temps. Je n'ai pas du tout souffert de son absence, de son inattention. Elle ne fut jamais une confidente et je résolvais mes problèmes toute seule. Cependant je l'aimais infiniment. Elle comptait énormément pour moi mais la vérité est que dès mes dix-sept ans, ce fut moi la mère. J'étais déjà beaucoup plus raisonnable qu'elle, j'avais une vision plus claire des choses tandis que la confusion la gagnait.

Pour autant, j'ai consacré une partie de ma vie à élever mes fils, car je savais bien, intuitivement, que les enfants ont avant tout besoin de présence, et de présence affective. Puis j'appris qu'on la donne facilement par amour. Tout au long de leur scolarité, quand mes fils rentraient de l'école, je m'arrangeais toujours pour être là. J'ai eu la chance de pouvoir le faire. À une époque, je me rappelle avoir été convoquée à l'école parce que Julien montrait des signes de perturbation, et je m'aperçus que cela correspondait à une période d'absences répétées de Sacha et moi. Les parents sont simplement tout pour des enfants : c'est pourquoi il faut être à la hauteur. Il n'y a qu'un mot : l'amour. On dit que le caractère affectif d'un enfant se construit dès les toutes premières années. Par bonheur, il y a des exceptions et j'en fais partie. Je me suis toujours sentie aimée même si l'on s'est peu occupé de moi. Mais peut-être a-t-on aussi la chance ou le malheur, au départ, de se sentir plus ou moins aimable ?

Ayant grandi au milieu de personnages d'un commerce délicat, je découvris un jour avec stupéfaction que l'on pouvait être autrement, et c'est Sacha qui m'ouvrit les yeux sur cette facette inattendue de la nature humaine, particulièrement de la nature masculine. Si l'on grandit au milieu des hurlements, il est naturel d'envisager un monde plein de hurlements. Or j'ai découvert très vite que Sacha était facile à vivre. Des hommes, je n'avais eu que l'image contraire, puisque mon grand-père et mon père étaient irascibles et colériques. Le premier était un sanguin qui s'emportait bruyamment, et le second, sans crier, réagissait avec une vivacité excessive à la moindre contrariété. Avec mon père, une vétille pouvait déclencher une tempête, et inconsciemment pour moi, Sacha ne faisait pas exception. C'est à l'époque de notre rencontre que je devais me détromper, un jour où il me prêta sa voiture pour rejoindre Val-d'Isère depuis Megève. C'était une très jolie Lancia. Autour de Val-d'Isère, il avait tellement neigé les jours précédents que de véritables murs de neige s'étaient formés sur le bord de la route. Sans que je puisse la voir approcher, une voiture déboucha d'un chemin privé et je ne pus l'éviter. En constatant les dégâts sur la carrosserie qui était bien amochée, je me retrouvai dans tous mes états. Je m'attendais à essuyer une rage noire. Lorsque je réussis à joindre Sacha pour lui faire part, oppressée, de ma mésaventure, il me répondit le plus calmement du monde : « Ce sont des choses qui arrivent. Si tu n'as rien, ça n'a aucune importance. » Le choc fut supérieur à celui de l'accident. Je me suis juste dit : « On peut donc réagir comme ça, quelle merveille ! » Même si, personnellement, je ne considérais pas que de la tôle froissée fût un drame, j'étais médusée. Un tel homme était fait pour me convenir, car à la longue, les perpétuelles sautes d'humeur causées par la vie courante la rendent insupportable. Il est certain que cette douceur de Sacha contribua à rendre possibles nos quarante-deux années de vie commune.

J'avais aussi compris d'emblée, obscurément mais sûrement, qu'il y avait des liens entre Sacha et moi, autres que ceux de la première attirance. Il y avait entre nous ce que j'appelle un rythme commun. Très souvent nous réagissions dans le même sens, que ce soit à propos des personnes ou des situations. Par exemple, nous avions toujours le même discernement sur les gens et si l'un de nous deux avait repéré un raseur, il était certain que nous pensions la même chose. Quand nous nous retrouvions tous les deux et que nous parlions, nous avions toujours le même sentiment, nous riions ensemble des mêmes travers et des mêmes ridicules, toujours légèrement, et c'est tout aussi agréable et rassurant que l'inverse doit être difficile à vivre.

Parfois, les contraires s'attirent et se compensent et chacun peut donner son meilleur. Pour moi, il aurait été inenvisageable, avec ma tonicité naturelle, d'épouser un lymphatique. Il me fallait un homme avec un minimum d'influx nerveux. S'il y a besoin de quelque chose, je suis tout de suite debout. Mes amis disent que je suis montée sur ressorts. Pourtant, je ne suis pas du tout nerveuse, seulement réactive. C'était le cas de Sacha, qui réagissait vite, aussi bien mentalement que physiquement, avec l'esprit de décision, pour le chargement des bagages comme pour l'éducation des enfants.

Sacha était un père formidable. Je me souviens encore de son visage quand notre premier fils est né. Il rayonnait de bonheur et c'était très émouvant, d'autant plus qu'à cette époque, dans les années 60, les hommes s'interdisaient souvent tout attendrissement. C'était l'influence du cinéma américain. Que les modes peuvent être bêtes ! En tous cas, Sacha ne posait pas au dur et c'est une bénédiction. Il jouait avec le bébé, le levait au-dessus de sa tête avec une joie immense. J'ai gardé une photo prise ce jour-là.

Peu de temps avant sa mort, je le revois

encore, de son bureau dont la porte était entrouverte, saluer l'arrivée de Laurent d'un : « Bonjour, amour ! » Je ne connais pas beaucoup d'hommes qui s'adressent ainsi à leur fils de trente-cinq ans !

Nous voulions un autre enfant juste après Laurent, mais chaque année, trois ans de suite au mois de novembre, je dus subir une opération. Novembre n'est pas mon mois, je devais finir par le savoir. Je ne suis tombée enceinte de Julien que trois ans plus tard. J'ai mis tellement de temps à me remettre de cette seconde césarienne, je gardais un si mauvais souvenir des suites de cet accouchement, qu'il ne pouvait plus être question d'un troisième enfant. Parfois Sacha revenait sur le sujet et me disait : « À quand la petite fille ? » Je répondais : « Terminé ! »

Plus tard, même si je le savais un père attentif, je fus impressionnée, quand nos fils qui avaient quelques faiblesses en anglais approchèrent de l'épreuve du bac, de le voir devenir leur répétiteur quotidien pendant plusieurs semaines.

Enfin nous avions aussi des goûts en commun. Nous avons partagé celui du sport. Sacha était un excellent nageur, puis il devint un bon skieur grâce à mes leçons et d'ailleurs il remportait presque chaque année le Grand Prix des Artistes de Megève. Je me rappelle aussi que c'est à ski que nous connûmes les rares disputes de notre vie, parce que Sacha trouvait que je lui faisais prendre trop de risques. Il est possible que je me rende mal compte de la sensation que l'on peut éprouver lorsqu'on se trouve au milieu de la pente et au-dessus d'un mur si l'on n'est pas trop assuré sur ses skis. Il y a sans doute de quoi avoir peur.

Durant les premières années de notre vie commune, la vie était facile, elle nous souriait, et rien ne semblait devoir jamais effacer ce sourire, comme celui qui ne quitta guère Sacha jusqu'au bout. Nous jouissions réellement de l'existence. Nous prenions des vacances quand nous le voulions, toujours dans les meilleurs moments, ceux où la nature n'était qu'à nous. Nous étions amoureux, jeunes, gâtés, et je sais que les belles années comptent aussi pour la suite, à l'heure des responsabilités, des peines, des maladies et de la douleur. Il est évident que les bons souvenirs sont un soutien dans les épreuves et qu'ils nous rappellent, au bord du découragement, que la joie existe.

10.

L'amour conjugal est un feu qui s'entretient à deux, mais j'étais l'ancre, la pierre d'angle. D'ailleurs, j'ai tendance à croire que c'est presque toujours la femme qui tient le bateau. Même s'il est imprécis de généraliser, s'il arrive que ce soit l'homme qui soutienne le foyer, je sais en tous cas que si la femme n'est pas consciente de ses responsabilités, un couple ne peut pas tenir. Il faut que la femme soit très forte, et pour moi qui suis plutôt courageuse, ce fut loin d'être une chose aisée. Pendant que Sacha voyageait, ce qu'il fit pendant une grande partie de sa vie, tant il est vrai qu'un chanteur a une vie de représentant, partageant son temps entre son studio et ses tournées, c'est moi qui organisais la vie de la maison, qui éduquais les enfants et qui veillais sur tout. Ce qu'il faut assumer jusque dans les moments où la lassitude et les peines vous privent de tout élan, lorsque l'on se dit : « Bon, et maintenant ? », lorsque l'on pense qu'il n'arrivera plus rien, qu'on se sent moins amoureux... Dans ces moments-là, il faut puiser dans ses forces, même si l'on peut croire que l'on n'en a plus. Et s'il n'y en a plus, c'est très simple, c'est la mort et sa liberté. Mais j'aime trop la vie et je lui fais trop confiance pour aspirer à cet instant qui viendra quand bon lui semble. Je lui réserve cependant mon plus beau sourire.

Tenir le bateau, outre se tenir soi-même, cela passe par ce que j'appelle « établir la complémentarité ». J'entends par là la nécessité de la souplesse, de se respecter soi au même titre que l'autre.

Sacha aimait les femmes et il eut des écarts, ce ne fut guère un secret. Pour lui, comme je l'ai déjà dit, c'était facile. Avec mon intuition de parfait détective, il ne pouvait rien me cacher, et je peux même dire que la plupart du temps, je voyais arriver les coups. Connaissant ses goûts, j'anticipais. Et j'apprenais aussi à ne pas en faire un drame, ce qui n'eût été que pesant et inutile. En plus, je ne pouvais pas faire semblant d'ignorer soudain qui il était, un séducteur « gourmand », ce dont il ne s'est jamais caché.

Le fait de savoir et celui de se maîtriser n'empêchent pas d'avoir de la peine, mais j'ai reçu aussi cette chance insigne, et particulièrement avec Sacha, de ne pas connaître la jalousie. Comme je l'ai appris durant mes études secondaires, la jalousie est une passion, et toute passion est subie. Elle fait aussi partie des sept péchés capitaux. Quand on est jaloux, on fait des bêtises, des histoires, des crises. On n'est plus soi-même. Aussi était-ce avec une distance pareille au second degré que j'envisageais les incartades de Sacha, un peu comme vis-à-vis des bêtises d'un enfant, et je crois que tout homme sous cette emprise est un homme qui ne peut cesser d'être un enfant.

Je me souviens surtout de moments où j'eus la nette impression d'être un peu seule. J'étais sûre que Sacha était un homme stable, qu'il m'aimait et qu'il serait à mes côtés quoi qu'il arrive, mais malgré cela, il y a des périodes où l'on finit par se demander si l'on n'est pas juste un meuble. Un tel sentiment n'est pas très raisonnable, il est même malsain, mais parfois réel. Ce sont de mauvais passages où l'on arrive à se considérer comme une institution figée, une présence intangible qu'on ne discute plus.

Un jour, un ami m'écrivit un poème où il me comparait au rocher de Gibraltar et je reconnais que ça m'a fait plaisir. Il était entraîneur de tennis à Sète, coach extraordinaire et ami merveilleux. Mais de ce rôle de rocher stratégique à celui d'institution, sorte de monarchie constitutionnelle que l'on respecte par principe, il n'y a qu'un pas que l'incertitude, la lassitude et l'oubli de l'amour – à cause de l'oubli dans lequel on croit être – vous font franchir. C'est dans de tels moments que j'eus des velléités de tout planter. Tout d'un coup se dire : « Tout cela est bien lourd... » et ne pas savoir que faire du fardeau.

Je n'y ai pas cédé mais j'avais mes échappatoires. J'avais le ski, les virées dans l'Himalaya qui sont une partie importante de ma vie, deux choses si chères à ma mémoire, à mon présent, à ma santé, à mon équilibre que j'en reparlerai. Et puis à certains moments trop durs, il m'est arrivé de partir pour Tahiti rejoindre mon père. J'ai été gâtée et je le sais. Tous les jours, je remercie le ciel. N'importe qui ne peut pas dire : « Ça ne va vraiment pas fort, j'ai besoin d'air, je vais aller voir papa à Tahiti. » Pour beaucoup, c'est la vie en vase clos dans trois pièces sans autre solution que de continuer... Je pense souvent à cette dureté de la vie pour la majorité d'entre nous. Moi, je n'ai pas beaucoup de mérite. Cependant, je m'accorde celui de ne m'être jamais laissé faire.

Dans le mariage, je dus effectivement me battre assez vite malgré la facilité du caractère de Sacha. Car il ne faut pas confondre facilité avec mollesse. Sacha avait énormément de personnalité, et malgré un excellent caractère, elle était encore plus affirmée du fait de son succès. En ne me laissant pas submerger, c'est-à-dire en ne me laissant pas dévorer et en m'exprimant toujours selon ma pensée, je crois que je lui ai rendu service et que j'ai pu contribuer, d'une certaine manière, à ce qu'il n'attrape pas la grosse tête. C'est très courant dans sa position, et j'en ai vu qui sont devenus complètement fous. Je pense qu'il est très important, qui que l'on soit, de recevoir de ceux que l'on aime une juste image de soi, et que le miroir que nous sommes tous les uns pour les autres ne soit pas faussé par des impressions. En cela je remettais les choses en ordre. J'oublie les circonstances exactes, mais je revois l'instant où je m'entendis lui dire un jour : « Pauvre type ! » Évidemment ça n'avait rien de méchant, c'était juste un peu moqueur en réponse à une exagération quelconque. Après un instant de stupéfaction où il resta bouche bée – ça devait être la première fois de sa vie qu'on le traitait ainsi –, nous nous sommes mis à rire franchement tous les deux. Cela devint une plaisanterie que je lui resservais à bon escient et qui nous mettait toujours de bonne humeur.

À l'époque où nous nous sommes mariés, et qui remonte à plus de quarante ans, la pression du « mâle » s'exerçait d'une façon très forte. Je suis d'une génération charnière où la société était en pleine mutation, encore très encombrée de dogmes qui disparaissent aujourd'hui. L'un des plus ancrés était celui de la domination masculine. Dans mon enfance, c'était tout simplement entendu, et je vois encore les hommes décréter la vérité en haussant la voix et en tapant du poing sur la table. Les enfants trouvent tout ce qu'ils perçoivent normal et je pensais que la vie était ainsi. Ma personnalité se développant et m'étant lancée dans la compétition de ski, je dus m'assumer en tant qu'individu, et cela me donna de la force pour toute ma vie.

Quand on est amoureux, on est docile. Non seulement c'est une réaction naturelle, mais cela faisait aussi partie des principes inculqués aux filles. La « bonne petite épouse » était une femme soumise. Sous l'influence du temps et de mon éducation, j'avais moi-même commencé sur le mode de la soumission muette. Seulement il y a un jour où ça dépasse les bornes, et ce jour-là je me suis secouée en me disant : « Hé, ho ! Réveille-toi ! » Il y a des femmes qui restent dociles toute leur vie, jusqu'à se laisser malmener, jusqu'à subir des remarques, des attitudes hostiles ou négligentes... Et ce n'est pas parce qu'une femme se soumet qu'elle est insensible à la douleur. Or les hommes agissent trop souvent contre nature et respectent plus la brutalité que la douceur. Aussi les êtres les plus doux sont-ils couramment les plus maltraités. C'est une des plus tristes réalités de ce monde. Il m'est arrivé une ou deux fois d'être blessée par des réflexions en public de Sacha. D'abord je ne voulais pas supporter des blessures de sa part, et ensuite j'avais tellement vu ces situations avec mon père vis-à-vis de ma mère, que je me suis très vite dit : « Ah non, pas moi ! » Deux fois suffirent parce que je ne supporte pas les esclandres en public – je n'aurais rien dit devant du monde – et encore moins de ruminer mes déconvenues. J'en parlai à Sacha qui se surveilla toujours par la suite, et ce genre d'affaires fut oublié. Chez lui, ces attitudes avaient été inconscientes et il fit amende honorable le plus sincèrement du monde. Pourtant il me fut assez pénible de constater que la vigilance est nécessaire entre deux personnes qui s'aiment, et avec un homme aussi naturellement délicat que Sacha.

Je dus réagir aussi sans attendre contre la jalousie de Sacha. Elle était digne d'Othello. J'ai même pu en rire, mais je compris rapidement que ce sentiment ne devait pas s'installer. Cela peut paraître le monde à l'envers, mais Sacha l'expliquait lui-même avec une grande logique et un certain humour : « Tu comprends, j'en ai fait tellement marrons que ça va bien finir par me tomber dessus un jour ! » Je découvris sa jalousie au retour d'un séjour de ski chez mon amie Solange, à Val-d'Isère, où m'avait accompagnée un ami ostréiculteur de Sète. Nous restâmes trois ou quatre jours chez elle. À mon retour, Sacha me réservait une tête de trois pieds de long qu'il persista à me servir pendant une semaine. Moi je ne cédais rien, je restais moi-même et je rigolais. Le garçon de Sète en question, Molina, était un copain de toujours. Sacha le savait mais c'était plus fort que lui, et sa propre expérience, comme il le reconnaissait lui-même, n'était pas faite pour le rassurer. C'est une des formes du retour de bâton... J'ai recommencé comme si de rien n'était à la première occasion. C'était ma façon de vivre et je n'allais pas en changer. Il avait voulu sa skieuse, il aurait sa skieuse ! C'est après la troisième ou quatrième fois qu'il s'est calmé et qu'il a réussi à me laisser partir sans changer de figure. J'ai tout de même fait le forcing. Je me rappelle que durant ces séjours, je disais à mes copines, en rigolant : « Je suis en train de le dresser. » J'ai bien fait. Par la suite, il se contenta de commentaires légèrement ironiques : « Tu vas avec ta bande de you-hou ! », surnom qu'il nous donnait parce que nous poussions toujours des hurlements en nous élançant dans la poudreuse.

Si je n'avais pas réagi de la sorte, ça n'aurait pas été vivable. Du reste il connaissait tous mes amis. De cette manière, j'ai pu le soigner de ce sentiment mauvais, qui est insupportable à celui qui l'éprouve, qui rend ombrageux, et qui peut facilement pourrir une relation. Surtout qu'il s'éveille presque toujours à mauvais escient. J'ai rendu Sacha plus calme et c'est une de mes réussites. Dans les moments où nous en parlions, je lui disais : « Un homme, je peux aussi bien le rencontrer dans la rue à Paris ou à Megève en faisant le marché, alors maintenant tu te calmes. » Il encaissait bravement. Mais il savait aussi, surtout lui qui était si préoccupé par son métier et sa réussite, qu'il faut à chacun ses centres d'intérêt et que le ski faisait partie des miens. Je ne me mêlais pas de son métier tout en étant au courant, et j'avais ma propre vie qu'il connaissait aussi.

Heureusement, on évolue, et parfois en bien. Je ne suis pas la même que celle que j'étais il y a deux ans, et je ne serai pas la même dans deux ans. Le fond ne change pas, mais c'est la façon de faire face à la vie qui change. J'ai les mêmes amis, les mêmes désirs, mais pour l'instant j'ai le sentiment d'être au bord d'une falaise, devant un vide immense.

Sacha avait un besoin infini de tendresse, de tendresse presque maternelle. C'est dans ces moments-là, quand je n'étais pas tout à fait en phase avec son état, qu'il pouvait me reprocher ma rudesse. Sans doute, de temps à autre, je ne pouvais pas lui prodiguer toute la tendresse qu'il espérait, mais il ne voyait peut-être pas tout ce que je lui passais et qui est aussi de la tendresse. D'abord, j'essayais de ne jamais le mettre dans son tort, étant donnée sa susceptibilité. Il avait de l'humour, mais j'ai toujours considéré comme un devoir de ne jamais le mettre en situation d'infériorité. Parfois, on peut être tenté de donner un petit coup de griffe, dans des moments de frustration ou de peine, mais je ne me suis jamais laissée aller. D'après moi, c'est une question d'orgueil qu'il ne faut pas froisser. Certains y échappent, mais l'orgueil masculin est très caractéristique, et c'est la susceptibilité qui le trahit. C'est une légère vanité qui, dans le cas de Sacha, répondait également à son goût de la perfection. L'un entraînait l'autre. Par exemple, Sacha supportait mal d'être pris en faute, notamment de maladresse. S'il renversait une tasse de café sur la moquette, c'était parce qu'elle avait été posée trop près du bord de la table. Ce n'était pas lui. J'étais toujours indulgente et je me moquais de lui discrètement.

Assez tôt dans ma vie, je me suis décidée puis

j'appris à privilégier l'humour à toute autre forme de réaction négative. L'humour retourne les situations. J'ai un exemple tout bête mais comme il est récent il ne m'échappe pas : il y a quelques mois, j'étais en Géorgie avec des amies, et au lieu du train de luxe que l'agence s'était vantée de nous proposer, nous nous sommes retrouvées dans un endroit infect, avec de vieux sièges en plastique noirci, crevés de surcroît, la cabine éclairée par une ampoule couverte de poussière grasse qui pendouillait au bout d'un fil et les relents des toilettes pour parfum d'ambiance. Nous n'étions pas contentes. Nous avons râlé quelques minutes entre nous, maudissant l'agence de voyage et les trains géorgiens, quand soudain, devant ce spectacle lamentable, nous nous sommes mises à rire sans pouvoir nous arrêter jusqu'à en pleurer. J'adore rire et Sacha a passé sa vie à rigoler avec ses copains, inventant des jeux comme celui, avec Jean Castel, qui consistaient à se brouiller sous un prétexte idiot pour se donner l'occasion de se réconcilier dans un très bon restaurant, avec un témoin chacun. On a pas mal ri ensemble, mais les dernières années furent trop dures. J'arrivais toujours à rire avec mes amis, mais plus guère avec lui parce que nous n'en avions pas vraiment le cœur, avec la mort qui rôdait.

J'ai souvent remarqué l'un des travers masculins les plus répandus, qui est celui de raconter toujours les mêmes histoires. Sacha n'y échappait pas et comme beaucoup d'hommes il avait quelques histoires qu'il resservait régulièrement, quand l'occasion et le public se présentaient, et avec lesquelles il se taillait toujours un succès dont il était ravi. Le seul fait de le voir réjoui doit suffire à l'indulgence, mais il y a quand même des moments où l'on a envie de se boucher les oreilles en hurlant. En plus, les hommes importants ou célèbres rencontrent un succès quasiment certain avec leurs bons mots ou leurs histoires, qui ne les engage pas à la retenue. À Thalassa, durant l'été, il y avait un plat que nous servions souvent : le tajine au fenouil. Quand le plat de terre marocain apparaissait, et pour peu qu'il y ait un nouveau venu à table, ce qui était souvent le cas, Sacha entonnait invariablement un refrain que nous lui suppliions sans succès de retenir : il annonçait qu'il avait une histoire à raconter, et malgré les protestations il commençait : « Un jour, il pleuvait beaucoup et je marchais dans un champ de fenouil et j'avais de l'eau jusqu'aux genoux... Ce n'est pas de ma faute s'il ne pleuvait pas assez pour que ça rime. » J'étais atterrée. C'est bien le moindre des maux mais il faut toujours se méfier de ne pas flancher sur des petites choses. Enfin il est nécessaire d'acquérir certains réflexes qui incombent à notre choix, et j'avais décidé de m'en amuser. Il faut aussi reconnaître que je n'étais jamais loin de l'attendrissement envers lui.

Les épreuves quotidiennes, celles qui engendrent la lassitude, je les gérais au coup par coup. Parfois, je crois qu'il faut simplement faire le dos rond et attendre que ça passe. Et puis il faut cultiver cet amour de la vie que l'on a toujours au fond de soi, sans jamais le laisser étouffer, et même dans les moments les plus noirs, placer son espoir dans la lumière et s'y projeter. C'est moins abscons qu'il n'y paraît. Avec cela, l'humour salvateur, même si parfois l'angoisse fait une digue infranchissable. Cultiver seulement le souvenir de l'humour le fait rejaillir, de façon inattendue, après les moments les plus noirs.

Il y a dix années de ma vie qui furent particulièrement éprouvantes, où je me disais que ça n'allait jamais finir. Dix années de plaies où je n'ai pas le souvenir d'avoir beaucoup ri. J'ai connu d'autres épreuves terribles, mais une telle période de disgrâce sans un instant de rémission devait me laisser vide de force, de courage et même d'espoir. J'étais empêtrée dans le malheur au point que j'en fus comme saoulée et que je me trouvais dans un état second où rien ne semblait venir adoucir mon sort.

C'était il y a vingt-cinq ans et ce fut une pluie

de maux : la deuxième maladie de Sacha, la mort de mon frère, assassiné, et pour finir l'accident de voiture de Sacha, qui devait nous plonger dans d'autres affres pour quelques années encore. Dans les six mois qui précédèrent cette dernière torture, j'avais subi des petits malheurs en série qui contribuèrent à me miner davantage : on me vola une planche à voile qui depuis quelques temps m'avait permis de retrouver un semblant de goût à la vie : ce jour-là je me suis mise à pleurer. Un peu plus tard, à Noël, des voleurs fracturèrent le coffre de la maison de Paris où ils prirent tous mes bijoux qui avaient surtout la valeur des souvenirs. Très peu de temps après, à la montagne, on me vola la galerie porte-skis sur le toit de la voiture, et enfin à Paris, pendant une partie de tennis, on me vola ma voiture. C'étaient de petites choses. Il y en avait d'autrement plus graves au même moment mais cet acharnement du sort, jusque dans la banalité quotidienne, me faisait me sentir traquée. Je n'avais pas le moindre répit. La persistance du vol me conduisit à un état de complète impuissance. Le jour où je n'ai plus retrouvé ma voiture, passé le moment de doute où, contre toute évidence, l'on espère encore s'être trompée, je me suis effondrée. Je me suis assise sur une borne au bord de la route et j'ai pleuré une demi-heure. Cela me plongea dans une période de paranoïa aiguë. J'avais l'impression de me débattre dans un filet qui se resserrait, d'être victime d'un envoûtement, que l'on piquait des aiguilles dans une statuette à mon effigie… Je ne savais plus rien, j'étais proche de l'hébétude et j'avais, en plus, la certitude que ce n'était pas fini. L'intuition au moins ne me faisait pas défaut car fin avril, moins d'un mois plus tard, Sacha sortait de la route en pleine nuit au volant de sa Porsche avec une passagère. Je ne sais pourquoi, mais je sus immédiatement que c'était le dernier coup de la série et qu'au moins, l'enchaînement funeste prenait fin. Mais il me tombait droit sur la nuque. Après cela, j'en avais terminé avec ces années d'enfer et j'ai pu me reprendre en mains et me redresser. Peut-être qu'un sort enviable doit se payer d'une manière ou d'une autre. À commencer par Sacha. Pour ma part, j'ai été favorisée, mais j'ai payé cash. Ainsi pourrait se résumer ma vie.

Je continue cependant à chérir les belles années, ces premiers temps de notre mariage où je pensais sans arrêt à ma chance, celle d'avoir ce que tout le monde souhaite. La vie était facile et je remerciais le ciel de ce qu'il me donnait. J'en ai profité, et profiter des choses c'est en être conscient. Alors que trop souvent l'insatisfaction domine même chez ceux qui ont beaucoup : être quelque part et se dire qu'il y a mieux ailleurs, avoir de quoi vivre et penser à ceux qui ont plus... C'est ce qui sépare les êtres positifs des êtres négatifs.

De cette manière, parce que je suis positive envers et contre tout, je vivais les moments d'absence de Sacha comme une respiration. Une absence de trois mois, comme lorsque Sacha dut travailler un trimestre entier en Angleterre pour un spectacle, quand on a deux enfants à élever, c'est beaucoup trop long. Mais quand il partait deux ou trois jours, je profitais de l'oxygène, du fait de ne pas être sans arrêt l'un sur l'autre.

Au tout début de notre mariage, Sacha eut une tournée de quinze jours et cela me déchira le cœur. Un instant, je me suis laissée aller à me dire qu'il en serait toujours ainsi, que nous ne serions jamais vraiment ensemble. Puis je me suis aperçue que nous étions tellement heureux de nous retrouver que l'absence provoquait une joie redoublée. Alors j'ai trouvé que c'était idéal : nous avions une vraie vie en commun, interrompue régulièrement par cette respiration qui devenait indispensable. Se voir le matin au réveil pour se retrouver le soir : nous n'avons jamais eu cette vie-là.

En revanche, quand il était à la maison, Sacha y demeurait à longueur de journée, travaillant dans son studio du rez-de-chaussée. Il réapparaissait à l'heure du déjeuner. Je me disais que nous étions la seule famille de Paris à déjeuner tous les jours à la maison. La vie était bien réglée : Sacha n'aimait pas être seul et il voyait moins d'inconvénient à me laisser qu'à me voir partir. Je le maternais mais si je devais m'absenter en lui disant : « À tout à l'heure chéri », immanquablement il me demandait à quelle heure je rentrais. Il attendait la réponse, et si je ne pouvais pas être précise, je lui disais toujours : « Je serai là ce soir, ne t'inquiète pas. » Il fallait le rassurer comme un enfant. Sacha était un grand inquiet. Je crois que c'est souvent le fait des artistes. D'ailleurs je constatai très vite qu'il ne supportait pas plus de deux jours d'inactivité. Même s'il avait son propre travail de musicien et de compositeur, il avait besoin d'être toujours en contact avec le monde. La première fois que je le vis abattu, après quelques mois de mariage, j'éprouvai une certaine inquiétude, me demandant s'il n'était pas dépressif sans que je m'en sois aperçue. J'en découvris la cause : il n'y avait rien de nouveau pour lui depuis deux ou trois jours. Dès que le téléphone sonnait pour une chose ou une autre qui concernait le travail, tout était effacé dans l'instant. En quarante-deux ans, j'ai pu assister plusieurs fois à ces courtes dépressions qui ne mettaient jamais plus de trois jours à s'envoler. J'éprouvais toujours une pointe d'amusement parce que j'avais compris le manège, tandis que lui paraissait systématiquement ignorer la raison de sa baisse de régime. Je le voyais tourner en rond, l'air préoccupé, alors qu'il me disait : « Je ne sais pas ce que j'ai en ce moment, ça ne va pas très fort... » Mais je ne m'inquiétais plus, je le rassurais et en général, il n'en était plus question le lendemain. Ainsi j'ai pu remarquer une fois encore que les hommes sont souvent comme des enfants, Sacha comme beaucoup d'autres. Certaines circonstances récurrentes de leur vie leur échappent et les laissent toujours aussi stupéfaits.

Avec Sacha, je découvris aussi l'importance de la maison pour un homme. La plupart des hommes aiment la maison, et même s'ils sont amenés à beaucoup voyager, ils restent casaniers. Dans le cas de Sacha, c'était frappant. C'était peut-être son métier de saltimbanque qui l'attachait d'autant plus fort à son foyer, mais il avait un besoin primordial de ce nid, de ce point fixe. C'était le lieu où il se ressourçait. Malgré la vie qu'il menait, passant la moitié de l'année d'une ville à l'autre, il fallait vraiment qu'il soit loin de la maison pour ne pas rentrer chez lui le soir. Sacha n'avait qu'une idée : s'endormir dans son lit et retrouver la maison le matin. C'était même l'un de ses plaisirs de conduire de nuit après ses spectacles, quitte à rentrer à quatre heures du matin après plusieurs heures de route. Il aimait les routes désertes et filer dans la nuit au volant de sa Porsche lui aérait l'esprit. De mon côté, j'eus toujours le souci de rendre la maison accueillante et confortable, de la fleurir, d'y mettre du cœur.

Si l'amour fut environné de souffrances comme cela manque rarement, il me gratifia de joies uniques. Jamais, selon moi, la douleur ne peut effacer la joie, qui seule est éternelle. Au cœur des épreuves, même quand Sacha en était la cause, je revenais à l'amour, celui que nous nous portions et dont je n'ai jamais douté. Quand la tristesse me gagnait, penser à cet amour me consolait et me renforçait. Parfois, c'étaient mes amis qui me voyaient dans la peine et qui me disaient avec une profonde sincérité combien il était flagrant que Sacha m'aimait, combien j'étais essentielle à sa vie. J'étais sans doute mieux placée que quiconque pour le savoir, mais l'on peut traverser de telles périodes de faiblesse qu'il est des choses que l'on a besoin d'entendre pour les découvrir à nouveau. Il ne fallait pas que j'oublie la culture ancestrale de Sacha, ses racines juives moyen-orientales où l'épouse et la mère sont vénérées, ses racines russes d'Odessa au bord de la mer Noire que je contemplais, déchaînée, voici un an. Ce jour-là, je compris le nom de cette mer en voyant ses bords de gravier noir, d'un vrai noir intense.

11.

L'une des plus belles découvertes de ma vie fut l'Himalaya. Après avoir élevé mes deux garçons, je me suis dit qu'il était temps pour moi de faire certaines choses dont j'avais envie depuis longtemps. Je me le suis permis quand Julien eut quinze ans. Cette aventure, qui devait si bien répondre à mon besoin de mouvement, vint de l'une de mes amies de l'équipe de France qui avait découvert le trekking au Népal et qui revint plus qu'enthousiasmée : illuminée. Je n'eus aucune hésitation avant de me décider et nous organisâmes notre première expédition.

Au Népal, à cette époque, on était complètement coupé du monde. Les téléphones portables n'existaient pas. Je n'ai vu le premier spécimen que quelques années plus tard entre les mains de Jean Todt, un boîtier qui paraîtrait énorme aujourd'hui et qui fascinait mes fils. Quand je fis part à Sacha de mon projet, il devint comme fou : « Comment ? Tu nous laisses ? Il peut arriver n'importe quoi... Tu peux revenir et je serai mort et enterré... » Sacha et son côté tragédien... Ce qui me surprenait, c'est qu'il ne pensait pas du tout à ce qui pouvait m'arriver. Il ne se rendait absolument pas compte des risques que nous prenions et de l'isolement où nous serions. En fait il le valait mieux. Car ce n'était pas du tourisme que nous faisions. Nous partions pour un mois et c'est sans doute ce que j'ai fait de plus dur physiquement dans ma vie. Mais j'étais tout de même surprise de ce manque d'imagination pour ce que peut faire l'autre. À mon premier retour, j'eus droit assez vite à cette question qui ne me surprit qu'à moitié : « Alors, ils étaient bien, les porteurs ? » C'était enfantin. « Je voudrais bien que tu les voies, lui répondis-je, et surtout que tu les sentes ! » Avec la régularité de mes voyages – nous sommes parties six fois en douze ans – il se calma. J'appris même par des amis qu'il finit par être très fier de son épouse aventureuse et qu'il vantait mes mérites. Mais il ne me l'a jamais dit en face. C'était tout lui.

L'Himalaya, ce fut un rêve réalisé. Nous nous sommes organisées, nous avons trouvé un guide et nous sommes parties. Là-bas, nous marchions huit heures par jour à plus de quatre mille mètres. Je ne suis pas grosse mais je perdais facilement trois ou quatre kilos. C'est une purification de la tête aux pieds. L'amour de la montagne et le goût de l'effort nous poussaient. Nous étions un groupe de trois ou quatre inconditionnelles, et nous emmenions toujours deux ou trois personnes de plus, que nous ne connaissions pas forcément bien, pour que le voyage nous revienne moins cher. Nous sommes parties jusqu'à huit.

Ce que l'Himalaya m'apprit et que je disais toujours aux novices avant le départ, c'est que « quand tu n'en peux plus, tu en peux encore ». C'est un précepte qui peut être assez utile dans la vie et qui est devenu ma devise. On le découvre dans l'Himalaya parce qu'il est fréquent de se retrouver complètement épuisé : il faut alors absolument puiser les forces en soi pour rejoindre l'étape. Sinon c'est la mort. Les forces sont toujours là. Nous avions toutes fait de la compétition et nous n'emmenions pas n'importe qui. Un jour, l'une d'entre nous fut malade et nous dûmes faire demi-tour. Cela paraît simple à dire, mais c'est l'une des expériences les plus éprouvantes que j'ai vécue. En fait, il faut partir entraînée, avec un mental solide. Les conditions sont très inconfortables et il faut pouvoir les supporter. Quand la neige empêche de monter les tentes, on peut se retrouver à dormir dans une porcherie. Puis il y a l'altitude qui augmente la fatigue, les maux de tête, parfois la dysenterie qui n'est vraiment pas une plaisanterie. Il faut aussi garder constamment en tête le volume du sac à dos dans certains passages très étroits où une mauvaise manœuvre peut nous envoyer quelques centaines de mètres plus bas. On en bave sérieusement mais on y trouve des joies extraordinaires.

Comme nous nous trouvions toujours à la limite du Tibet, les maisons étaient construites sur le modèle du pays, avec des toits plats où nous montions parfois nos tentes. Il faut voir alors, lorsqu'on ouvre sa tente le matin, le soleil se lever sur les huit mille mètres... C'est le spectacle le plus grandiose qu'il m'ait été donné de contempler dans ma vie. « Dès le premier coup d'œil, écrit l'auteur de *La vie des maîtres*, mes deux camarades restèrent bouche bée, les yeux grands ouverts. Ils s'écrièrent presque ensemble : “Mais nous sommes certainement suspendus dans l'air.” Ils avaient oublié un instant que leurs pieds reposaient sur le sol et avaient la sensation de flotter dans l'atmosphère. » Cette sensation, je l'ai éprouvée. Il n'y a rien d'aussi beau au monde que le coucher du soleil dans les mêmes lieux, et je reprends encore la merveilleuse description de Spalding : « Ce soir-là, nous assistâmes du toit du temple au plus extraordinaire coucher de soleil que j'aie jamais vu (...) Nous contemplions une mer d'or en fusion. Puis vint le crépuscule qui enflamma tous les hauts sommets. Les montagnes neigeuses du lointain étincelaient. Les glaciers ressemblaient à d'immenses langues de feu. Toutes ces flammes rejoignaient les diverses tonalités du ciel et paraissaient s'y fondre. Pendant un moment nous eûmes l'impression de nous trouver au bord d'un enfer silencieux, puis l'ensemble se fondit en une seule harmonie de couleurs, et une soirée douce et tranquille tomba sur le paysage. La paix qui s'en dégageait était indicible. » Voici la rétribution de nos peines. Quand on aime la montagne, on ne peut pas être plus heureux. Et puis il y avait des fous rires, une certaine forme d'excitation due aux conditions et au manque d'oxygène, enfin de la joie pure.

Nous partions avec une quinzaine de porteurs, des petits bonshommes extraordinaires, tout secs, chaussés de tongs, qui portaient chacun quarante kilos. Pour passer les cols à 5 500 mètres, nous devions leur donner des lunettes car la réverbération est dangereuse et il doit faire un temps radieux sans quoi nous ne passerions pas. Nous apprenions qu'il ne faut leur donner les lunettes qu'une fois le col atteint, autrement ils les vendent en chemin tant ils sont pauvres. Il en va de même pour les chaussures dont ils ont besoin pour certains passages. Ces hommes sont d'une douceur et d'une gentillesse inouïes, calmes, prévenants, repérant immédiatement le sac de chacune, montant les tentes sans qu'on s'en aperçoive, préparant le thé et le servant avec des biscuits... Pour moi, c'était le grand luxe. Mais il fallait aussi une sacrée résistance. Ce n'était pas du tout la même chose que de marcher huit heures dans les Alpes pour retrouver sa baignoire et son lit le soir. À 20 heures nous étions couchées, et à 6 heures le matin, après le morning tea, le rangement du barda, le petit déjeuner quelquefois par -10 degrés, nous étions prêtes à partir.

Le tour des Annapurna dure dix-huit jours. Là-bas, on ne compte pas les distances en kilomètres mais en heures de marche. Une année, nous dûmes affronter de vrais dangers parce que la mousson avait emporté tous les ponts. Nous dûmes grimper des flancs presque à pic, passer sur des vires au-dessus de huit cents mètres de vide... C'est très impressionnant, huit cents mètres de vide ! C'était aussi une année de grand froid, et nous eûmes – 9 sous la tente pendant une nuit au pied d'un glacier. Nous utilisions notre gourde comme bouillotte, et nous gardions nos vêtements pliés au fond de nos sacs de couchage.

Cela se passait entre octobre et novembre : nous revenions avec une forme physique exceptionnelle, que je ressentais même trois mois plus tard en reprenant le ski. Mais il me restait surtout ces images éblouissantes qui ne me quittaient plus.

Maintenant, je ne le ferais plus. C'est trop dur. Peut-être parce que j'ai pris trop de coups sur la tête ces derniers temps. Je crois qu'on ne peut pas se battre sur tous les plans, et j'ai perdu le goût de l'effort physique, cet effort tel qu'il devient mental. C'est dans l'Himalaya que j'ai connu la sensation déroutante de la fringale, lorsqu'il n'y a plus de combustible dans le corps. Il ne s'agit pas de fatigue, mais soudain on ne peut simplement plus avancer. C'est incroyable. J'ai terminé l'étape avec un sherpa de chaque côté pour me soutenir parce que je n'arrivais plus à diriger mes jambes. Cela s'appelle aussi une crise d'hypoglycémie. Je me croyais juste épuisée jusqu'à ce que, une fois au camp et voyant de la nourriture, je me jette dessus malgré moi. Mon corps, connaissant son manque, agissait en dépit de mon esprit. Ce fut une sensation extrêmement étrange. Une de nos camarades qui, elle, était épuisée, s'est effondrée et endormie immédiatement.

Une fois seulement, avec Danièle Télinge, comme nous en rêvions depuis des années, nous avons décidé de visiter le Tibet en prenant l'avion depuis Katmandou. Nous sommes passées au-dessus de l'Himalaya, avons vu l'Everest puis atteint Lhassa. Durant les quatre jours, je me sentis terriblement angoissée. Comme nous étions à plus de 4 000 mètres depuis quinze jours, nous nous étions accoutumées et par conséquent ce n'était pas un effet de l'altitude. Je me sentais pourtant excessivement mal. Était-ce la présence chinoise, si oppressante, les haut-parleurs dans les rues, l'armée omniprésente ?... On sait une bonne partie de ce qu'ils ont fait : terroriser et assassiner les moines, anéantir par tous les moyens la civilisation tibétaine, stériliser les femmes pour que la race s'éteigne... Ils tentent tout simplement, sous les yeux du monde inerte, d'effacer le Tibet de l'histoire et d'éradiquer le bouddhisme. Je suis repartie comme on fuit, avec la sensation de laisser derrière moi une plaie béante.

Quand nous ne sommes plus parties pour l'Himalaya, nous avons fait des voyages plus doux. Malgré cela, Sacha ne venait jamais. Il disait : « J'ai horreur de marcher. » Pourtant, les rares fois où j'ai réussi à le convaincre de faire un tour avec moi, l'été à Megève, il marchait magnifiquement. Cela s'expliquait par son cœur d'athlète qui battait à quarante-cinq pulsations par minute. De toutes manières, nous faisions des voyages de filles où il nous aurait encombrées tout en étant très malheureux.

En Cappadoce, sur le plateau anatolien, nous découvrîmes de petites vallées divines où nous marchions paisiblement deux ou trois heures, dans un air à la température idéale. Nous dormions dans des hôtels troglodytes. C'est le pays des fameuses cheminées de fées, où l'on trouve partout des cavernes aux parois couvertes de peintures byzantines.

En Jordanie, pour arriver à Pétra, nous cheminions dans le fabuleux défilé du Sikh, cette faille qui donne l'impression d'avoir été faite par un titan, d'un grand coup d'épée dans la roche. Plus on avance, plus les parois se rapprochent jusqu'à ce qu'on ne voie plus du ciel qu'une mince ligne bleue, pour tomber soudain sur la dentelle de pierre des temples et des tombeaux de Pétra. À même la roche, ils sont creusés sur une profondeur de quelques mètres, ne consistant qu'en de somptueuses façades. Tout autour, se déploient les vestiges romains qui datent de l'époque où Pétra était un important centre commercial de l'empire.

Nous traversâmes aussi le désert montagneux du Ouadiroum, une pure merveille de sable rouge, rose et ocre, où nous avons campé quatre nuits. C'était la vraie patrie du colonel Lawrence, incarné au cinéma par Peter O'Toole. Et nous y vîmes bien passer des caravanes dans le soleil levant. C'est aussi le pays de la terre promise, et nous pûmes admirer Bethléem de loin, ainsi que la mer Morte, d'apparence huileuse, où l'on peut vraiment s'asseoir dans l'eau et lire son journal. Il faut juste ne pas se renverser car les sels minéraux sont en telle densité qu'ils brûleraient les yeux.

Désormais, c'est le genre de voyages que j'aime. C'est une part précieuse de ma vie où je trouve encore des moments de plénitude. Quand on vit en vase clos, on a facilement la tentation de se croire le centre du monde. Alors il faut s'ouvrir des horizons. Les gens qui ne bougent pas, ne voyagent pas, ont l'impression que seul leur petit monde existe, et j'éprouve le besoin impérieux d'en sortir. Peut-être est-on plus heureux, comme le disait Pascal, à savoir demeurer dans sa chambre, mais j'en suis incapable.

Avec Sacha, après les premières années d'insouciance, il y a deux voyages lointains que nous faisions encore, en famille, et toujours chez mon père.

Nous sommes peut-être allés trois fois tous ensemble à Tahiti. Sacha y fit la connaissance de ma belle-mère Tila, une « seconde reine Pomaré », et découvrit les plaisirs de vivre en paréo, pieds nus, sans autre besoin que ce qui nous entoure. À onze ans, Laurent passait ses journées avec les pêcheurs tahitiens, plongeant aussi profond et aussi longtemps qu'eux. C'est au cours de l'un de ces séjours que Marlon Brando nous invita dans son faré voisin du nôtre à Punauïa. Il venait d'avoir sa fille Cheyenne avec Tarita qui était une connaissance de toujours de Tila. Quand nous sommes arrivés, la pièce était enfumée par la marijuana, et Marlon était prostré devant le berceau de la petite fille, répétant comme une litanie : « *Yeah, yeah, she's mine* », ajoutant parfois qu'elle avait ses yeux, son front...

Il attendait de chaque visiteur qu'il le rassure sur leur ressemblance et sur sa paternité. Pendant que Sacha faisait les frais, stupéfait, de cette obsession, Tarita nous prit à part, Tila et moi, pour que nous emmenions Marlon dîner le soir même chez nous, afin de pouvoir sortir tranquillement avec le cuisinier de l'hôtel voisin... Pendant que Tarita prenait du bon temps, le plus grand séducteur d'Hollywood, passant d'une idée fixe à une autre, s'extasiait devant les pieds de Tila. « Ah, les pieds de Tahitienne ! », répétait-il, en les prenant sur ses genoux. En l'absence de mon père, ce divertissement nous fut permis.

Nous voyagions plus fréquemment en Californie. Mon père y avait acheté un ranch qui avait appartenu à Fred Astaire, près du mont Palomar. Ce furent parmi les meilleurs moments de notre vie car c'est le seul lieu avec Tahiti où Sacha, entièrement coupé de son métier, ne travaillait pas. C'était le temps privilégié où nous nous retrouvions vraiment. Le ranch est un endroit magique. L'air y est d'une pureté rare. Nous nous y promenions main dans la main en parfaits amoureux, au milieu des orangers et des avocatiers, dans un pays fréquenté par les pumas. La maison était très simple, construite en pisé, et il y faisait toujours bon, à l'ombre bienfaisante de chênes plusieurs fois centenaires. Il y a soixante-dix ans, le pays était encore occupé par des Indiens dont il reste des vestiges, notamment une table en pierre sans âge entourée de son banc. J'ai toujours ressenti que le tellurisme y était bienfaisant, et je crois que j'y ai vécu les derniers moments de bonheur sans mélange avec Sacha. Ces heures que nous pouvions encore goûter ensemble, après toutes les années et toutes les vicissitudes, étaient comme une bénédiction. Nous allions à Valley Center pour une quinzaine de jours autour de Noël. Nous jouions au tennis, nous nous baignions, et c'est là que la vérité et la profondeur de notre amour se révélaient à chaque fois. Sans en avoir jamais douté, ces moments avaient le don de me rassurer à nouveau : j'avais bien à mes côtés l'homme que j'avais attendu.

Sacha en profitait aussi pour faire du shopping, et nous pouvions arpenter paisiblement les allées du centre commercial, le célèbre Mall américain. Un jour, alors que nous étions en ville, nous assistâmes par hasard à une séance de karaoké. Au bout d'un moment, je me tournai vers Sacha avec un air entendu, en le sollicitant du regard. Comme il n'osait d'abord pas, j'insistai, et il finit par chanter devant un public absolument sidéré qui lui fit un triomphe, certains Américains murmurant : « *He is a professional.* » Nous étions enchantés.

Malgré tout ce qui s'y oppose, je demeure convaincue que le bonheur est notre seul but et notre droit.

12.

C'est en janvier 1965 que je dus affronter pour la première fois l'épreuve de la mort. Nous étions à Megève, Laurent venait de naître. Ma mère m'avait rejointe depuis quelques jours et ma jeune sœur Christiane était restée seule à Paris. Elle vivait dans un appartement au rez-de-chaussée, rue de la Chaise, dans le VIIe arrondissement, qui relie le boulevard Raspail à la rue de Grenelle. C'est un coin très calme. Son appartement avait été aménagé dans un ancien hôtel particulier, et sans être vaste, il en avait les belles proportions.

Depuis quelques années déjà, nous savions que Christiane était atteinte de la maladie la plus nocive qui soit : la difficulté d'être. Plusieurs fois déjà, elle avait tenté de se suicider. Elle n'en parlait jamais et se contentait d'agir. Car malgré ce mal qui lui rongeait l'âme, elle avait un caractère fort et décidé. Bien sûr, comme nous tous autour d'elle, j'essayais de l'aider comme je croyais pouvoir le faire. Si j'allais courir la montagne l'été, je l'emmenais, et à toutes occasions, je lui faisais signe et m'efforçais de la distraire de ce qui la hantait. De même que pour moi, j'espérais que le mouvement lui serait un bienfait. Nous étions tous conscients qu'elle était en danger, mais nous étions totalement désarmés devant ce mal insaisissable et dévorant. Je gardais tout de même l'espoir qu'elle reprenne un jour goût à la vie. Mais qu'est-ce qu'elle m'en fit voir ! Par exemple, elle acceptait de m'accompagner pour marcher en montagne, mais à mi-pente elle ne voulait plus rien, encore moins continuer que rebrousser chemin. Alors nous devions nous en retourner, ou bien il fallait venir la chercher.

Elle ne trouvait aucune stabilité. Elle était malheureuse au point de se demander à chaque seconde ce qu'elle pouvait bien faire d'elle-même. La mort était visiblement la seule réponse qui se présentait à son esprit. Le monde avait pris pour elle des couleurs étranges, principalement sombres, ternes, et la vie n'avait absolument aucun intérêt. Pour elle, la vie n'était qu'une interminable disgrâce. Son mal-être était douloureux à voir.

Ce jour de janvier, mon frère nous appela de Paris. C'est moi qui lui répondis. « Christounette a fait une tentative de suicide... » Ce qui est horrible, c'est que nous en avions presque pris l'habitude. Je lui demandai : « Mais ça va ? » Nous avions le vain espoir qu'elle se raterait toujours et qu'un beau jour elle renoncerait. « Non, ça ne va pas, me dit-il. Elle est morte. » Elle avait vingt-quatre ans.

La menace de la mort de Christiane avait beau être omniprésente, ce fut atroce. Le pire fut évidemment la peine de mes parents. Je les vis anéantis. Je ne pouvais que les embrasser sans un mot, car on ne peut même pas songer consoler d'un tel drame. Je suis allée la voir, elle, ou plutôt son corps, à Necker. Puis je repartis pour les montagnes, le cerveau en coton et des images de douleur et de mort que je n'oublierai jamais. La mort n'est pas toujours paisible. Il n'y a pas grand-chose à dire. C'est Christiane qui avait connu Sacha la première et qui avait si bien vu que nous étions faits pour nous entendre. Je crois que c'est une déception amoureuse qui déclencha ce dernier geste fatal, la fin d'une histoire qui sans doute lui confirma une dernière fois qu'il n'y avait plus aucun espoir. Ce fut le premier drame de la famille. Il déséquilibra ma mère pour le restant de ses jours.

Quatre jours après les obsèques, j'étais sur mes skis. Il y a toujours du monde pour être choqué hors de propos. Encore une fois ça ne manqua pas et j'en eus des échos. Crime de frivolité ! Skier ou pas n'aurait rien changé au sort de ma sœur ni à la blessure irrémédiable de mes parents, mais skier changeait tout pour moi. Que les vertueux censeurs s'indignent et suffoquent jusqu'à la fin des temps.

Pour mes parents, la mort de leur fille et la culpabilité qui l'accompagnait furent presque intolérables. Mon père réussit à peu près, en apparence du moins et après une période d'abattement terrible, à vivre avec ce souvenir, tandis que ma mère perdit une partie de son équilibre. Pour mon père, son déploiement d'activités reprit, et les préoccupations constructives, l'efficacité dont il avait le secret le maintinrent. C'est de l'ordre de l'instinct de survie et c'est ce que l'on appelle la force.

Ma mère était moins forte et cette tourmente l'emporta. Non seulement elle bascula dans une dépression définitive, mais elle eut la pire des réactions en cherchant des responsables pour se libérer. En premier lieu, ce fut de ma faute. J'étais responsable parce que j'avais demandé à Jojo, l'employée de la famille que j'avais connue à dix ans et qui était surtout une amie, de m'accompagner à Megève avec Laurent nouveau-né. Ma mère voulait croire que la présence de Jojo à Paris aurait sauvé Christiane. C'était une réaction désespérée et tragique, mais il me fallut tout de même beaucoup de forces pour le supporter.

Il y a aussi une notion que nous avions oubliée et qui est celle du destin. Et je n'avais pas prise sur le destin. Il ne s'agit pas là d'une grosse généralité, ni d'une notion de circonstance, car je devais me rappeler, à propos de Christiane, des faits extrêmement troublants. Ce n'est que quelques années après sa mort, alors que je repensais dans ma solitude au drame de sa vie, que je fus soudain frappée et même terrifiée par une constatation terrible : en deux ans d'intervalle, tous les amis de Christiane étaient morts de mort violente. La première, son amie Christine, s'écrasa en parachute aux États-Unis. Il ne s'était pas ouvert. À la suite de ce drame, Christiane décida de se faire appeler Christine, c'est dire si son état d'esprit était morbide. Puis ce fut son tour et c'est le nom de Christine qui est gravé sur sa tombe. Après sa mort, un deuxième ami se suicida, puis une autre fille, comédienne, mourut au cours d'un tournage, noyée dans une voiture qui coula dans la Seine. Le dernier fut le garçon qui lui causa son dernier chagrin, foudroyé par une crise cardiaque juste un an après sa mort, à peine âgé de trente ans. Il est mort à Porquerolles, juste en face de

Thalassa, notre maison, et de son jardin où Christiane fut enterrée. C'étaient les personnes qu'elle aimait et voyait le plus. Personne d'autre que moi ne l'a remarqué. Je ne sais pas à quoi cela peut correspondre, s'il y a un sens à une telle hécatombe, mais cette rançon occulte me fait encore froid dans le dos.

J'ai entendu un jour une histoire à propos de Claude François qui, il me semble, n'a jamais été connue et révèle l'acharnement du destin quand il est tracé. L'année qui précéda sa mort par électrocution, Claude échappa miraculeusement trois fois à la mort, et dans des circonstances vraiment stupéfiantes. Je ne sais pas si je cite les mésaventures dans l'ordre, mais il y eut des témoins à chacune d'elles. D'abord une bombe explosa dans le hall de l'hôtel Hilton de Londres où il était descendu avec son équipe. La bombe fit une dizaine de morts, le secrétaire de Claude reçut un bout de cervelle sur son pantalon et Claude lui-même aurait augmenté le nombre des victimes à trois secondes près. Plus tard, alors qu'il venait juste de se faire déposer à Monte Carlo pour une séance de photos pour *Marie France* avec Luc Fournol, l'hélicoptère qui l'avait emmené de Cannes partit en vrille et s'écrasa quelques secondes après le décollage. Cette défaillance technique fit deux blessés graves. À la troisième alerte,

Claude sortait de Paris pour se rendre au Moulin avec cinq personnes à bord. Comme à son habitude, il s'échauffa au volant et la course qu'il engagea avec une autre grosse berline s'envenima. Poursuivie sur les routes de campagne, sa voiture fut arrosée à la mitraillette par des gangsters, qui s'avérèrent plus tard faire partie de l'un des gangs les plus recherchés de l'époque. Ils n'avaient visiblement pas apprécié les queues de poisson de Claude. Personne ne fut touché mais la voiture était criblée de balles. Le plus étrange, à ce que l'on raconte, c'est que rien de tout cela ne semblait attirer son attention vers plus de prudence. Comme on le dirait aujourd'hui, il restait à bloc. La quatrième fois, la fatalité eut gain de cause – et si stupidement – de sa propre main.

Avec le temps, la douleur du souvenir de Christiane se fit moins cruelle, et puis l'horreur s'abattit à nouveau sur la famille. Nous étions en 1979, et pour moi ce fut pire encore : mon frère Olivier se fit assassiner à l'âge de vingt-quatre ans. Est-ce que cet espacement des tortures est prévu pour nous permettre de survivre entre deux, ou bien est-ce pour que la vie ne cesse jamais d'en être empoisonnée ? Olivier était né du second mariage de mon père. Comme il est triste que l'hommage aux morts précoces soit si souvent le même : il était joie de vivre et charme incarnés. De même qu'il paraît naturel de dire qu'il avait de grandes capacités qu'il avait déjà démontrées dans toutes les affaires qu'il traitait. Je dis que la mort d'Olivier fut pire que celle de Christiane, parce que Christiane souffrait le martyre à vivre. Alors que je vis naître Olivier, par une césarienne où d'ailleurs je faillis m'évanouir. Je l'ai vu grandir avec une attention et une tendresse qui ne sont pas les mêmes que celles que l'on se porte quand on a grandi ensemble. Je me comportais avec lui presque comme une mère. Peut-être aussi que le fait d'avoir été la première à le voir fut à l'origine d'un lien particulier entre nous.

À l'époque de sa mort, ce garçon chéri de tous vivait à Tahiti où il avait commencé à travailler avec notre père. Les deux assassins avaient prévu de se faire ouvrir les coffres de la banque de Papeete en enlevant Olivier et mon père qui en était le fondateur et le directeur. Nous sûmes plus tard qu'ils avaient la ferme intention de les tuer tous les deux une fois servis, d'assouvir en même temps leur avidité d'or et de sang, en rassasiant leur haine et leur convoitise. Olivier était la victime rêvée de parias faibles et envieux. D'une certaine manière, le sort épargna mon père, mais il aurait donné sa vie pour celle de son fils. Le destin lui fut ainsi doublement douloureux. Mon père avait quitté le pays la veille de l'enlèvement pour les États-Unis. Ce fut le premier rapt de l'histoire de Tahiti. Nous apprîmes plus tard qu'en France, l'un des assassins avait déjà tué sa belle-mère.

L'enlèvement eut lieu le jeudi saint. Le lendemain, mon père était de retour, espérant encore retrouver son fils. J'étais alors à Val-d'Isère et l'affaire faisait déjà les gros titres de toute la presse française. Ce n'est que trois jours plus tard, le dimanche de Pâques, à six heures du matin, que le corps d'Olivier fut découvert à moitié calciné. Ma sœur June, que j'avais découverte à quinze mois alors qu'elle marchait déjà, arrivait quelques heures plus tard : je dus lui annoncer la mort de notre frère dans ces circonstances atroces. Je n'ose même pas penser à ses derniers instants et à ce qu'il a dû endurer, à sa dernière représentation de l'humanité. J'ai eu beau connaître pas mal d'afflictions, ce furent les moments les plus éprouvants de ma vie.

Le vrai malheur, c'est l'irrémédiable. En plus de ma propre douleur, qui était indescriptible, je souffrais de la douleur sans nom de mon père. Il m'était presque intolérable de songer à ce qu'il pouvait endurer. Ayant perdu Christiane, il perdait désormais son fils béni, non pas qu'il le préférait aux autres, mais Olivier avait réalisé tous ses desseins. Homme d'affaires comme mon père l'était, cette réponse à ses espoirs le revêtait de toutes les grâces. Olivier était entré dans sa filière et il était déjà prévu qu'il reprenne un jour toutes les affaires de Tahiti. D'un coup, l'héritage se fit à l'envers, et c'est mon père anéanti qui dut reprendre les affaires en cours de son fils. Ce sont des circonstances qui ajoutent encore au supplice.

Au même moment, Sacha combattait un cancer, et je ne fus pas loin, cette fois-là, de sombrer. Juste sous mes pieds, il y avait un gouffre sans fond qui me terrorisait. Je ne sais pas quelle bénédiction m'en fit réchapper. C'était la deuxième fois que Sacha était touché par le cancer, la même maladie qui s'y prit à trois fois pour avoir raison de lui, qui fut son combat le plus acharné et qu'il domina si longtemps.

Le rêve de nos premières années de mariage commença à se brouiller quand Sacha eut ses premiers problèmes de santé. C'était un cancer de la thyroïde. Personne ne sut jamais par quoi il est passé et combien il a souffert. Lors d'une première opération, on ne lui en retira que la moitié, mais il fut nécessaire de pratiquer l'ablation totale. Lorsque le médecin nous annonça que ce qu'il avait enlevé n'était « pas très bon », ce qui signifie carrément mauvais, c'était comme si le mal s'abattait soudain sur notre vie entière. Tout change alors dans la vision que l'on a du monde et les yeux s'ouvrent sur la précarité du bonheur. Dans ce temps-là, je ne connaissais strictement rien à la médecine, et le seul mot de cancer était une hydre, sœur de la mort elle-même. Aussi la période qui sépara les deux opérations fut-elle la première expérience d'angoisse véritable que je vécus. Malheureusement je ne suis pas sûre que leur accumulation, par la suite, m'ait aguerrie. C'est comme le soleil, il y a un capital au-delà duquel on ne peut plus en recevoir. Pendant plusieurs semaines, je me fis un sang d'encre et le poison de la peur s'insinua en moi pour y rester à jamais tapi. Depuis, je n'ai jamais pu m'en débarrasser tout à fait.

Pourtant, cette première fois, il n'y avait pas tant de motifs d'alarme : le cancer de la thyroïde, déjà à l'époque, se soignait à quatre-vingt-dix-huit pour cent. Il suffit d'enlever la glande atteinte et de prendre des médicaments qui pallient parfaitement son absence. Mais pour ajouter à notre inquiétude, le chirurgien nous prévint que l'opération risquait de toucher le muscle mastoïdien, qu'il faudrait peut-être l'enlever, provoquant un trou dans le cou. Étant donné le métier de Sacha, l'idée était encore plus dure à accepter. Le chirurgien lui disait que ça ne faisait rien, qu'il porterait des cols roulés... Bien sûr que ce n'était rien au regard de sa survie, mais tout de même... Par bonheur le muscle ne fut pas touché. La cicatrice fut légère et Sacha vécut normalement avec ses médicaments. Cependant la vie devint moins joyeuse, et ce n'était que le début.

Une fois Sacha soigné et remis, évidemment je pus respirer, mais le mal reste présent par son souvenir. Je suis sûre que certaines personnes, une fois remises, n'y pensent plus, et qu'elles retrouvent confiance tout comme leur entourage. Pour moi je ne pus plus me départir d'un fond de crainte, qui correspondait peut-être à la sourde intuition que nous n'en avions pas fini et que nous n'en aurions jamais fini.

Cependant je ne pouvais pas ne pas me rappeler que Sacha et moi étions des miraculés depuis déjà longtemps.

C'était un 22 septembre, jour des équinoxes. Laurent n'avait pas tout à fait un an. Nous étions dans le Midi, et Sacha devait honorer une date au Chambon-Feugerolles dans le Massif Central. Ce jour-là – ça ne m'est pas arrivé souvent – je l'accompagnais, et nous quittâmes ensemble la maison pour rejoindre l'aérodrome de La Môle où Sacha avait réservé un petit Morane. Avant de devenir l'aéroport de Saint-Tropez cet aérodrome se consacrait au tourisme léger et à la distraction de quelques passionnés. Nous avions rendez-vous avec le pilote à 16 heures. Pour commencer, nous dûmes attendre deux heures avant de le voir se poser, à cause d'un très fort vent d'est contre lequel il avait dû lutter pour rentrer. Je revois très bien le moment où le pilote est sorti de l'avion pour dire à Sacha que nous n'avions plus le temps d'y aller. Comme s'il n'avait rien entendu, ce qui est possible tant Sacha était obsédé par la tenue de ses engagements, il se dirigea vers l'avion en disant : « Il faut vite qu'on parte ! » Si bien qu'après une courte hésitation, le pilote nous dit : « Bon, on va y aller et on se posera le plus près possible. »

Nous avons décollé vers 18 h 20, avec le vent dans le dos qui nous faisait filer. Le plafond était très haut, nous laissant une grande visibilité. Mais tout d'un coup, après avoir passé Aix, nous nous sommes trouvés face à un grain. Comme nous y allions tout droit, le pilote décida de faire demi-tour pour se poser, et nous eûmes cette fois le vent dans le nez. Alors le grain nous rattrapa. Nous étions dans le gros mauvais temps, la nuit totale était tombée en moins de dix minutes, et aucun des instruments de bord n'était éclairé. Tout ce que nous savions, c'est que nous avions du carburant jusqu'à 22 h 30, qu'il était 19 h 10 et que nous n'avions pas d'autre solution que de continuer à voler. Nous nous sommes mis à errer, embarqués dans quelque chose d'absolument dément, avec pour seul contact la femme du pilote qui tenait la radio de La Môle. L'idée du pilote, qui était un homme d'expérience ayant combattu en Indochine, était de retrouver la vallée du Rhône et de remonter sur Lyon ou bien de descendre sur Marseille, selon notre position. Nous apprîmes par radio qu'une Caravelle, un avion de ligne de l'époque, avait été détournée tellement les vents étaient forts. Ça ne nous rassurait pas. D'un coup nous montions de trente mètres, la seconde suivante nous tombions de cinquante, nous ne voyions même pas les ailes de l'avion, et parfois, dans l'éclaircie d'un semi brouillard, nous nous retrouvions quelques dizaines de mètres au-dessus des voitures tant nous perdions d'altitude, avec leurs passagers qui ne pouvaient pas se douter que nous étions au-dessus de leur tête en danger de mort... J'avais pourtant la tête froide, et je calculais qu'en mettant les choses au mieux, nous n'avions pas la moindre chance de nous sortir de ce coup-là. Je me mis à penser à mes parents qui avaient déjà perdu ma sœur quelques mois plus tôt, à mon fils qui n'avait pas encore un an, me demandant qui allait s'en occuper, sachant que ma mère en serait incapable... Je me dis aussi que je préférais être avec Sacha parce que je n'aurais pas supporté qu'il se tue et que je survive. C'était un mélange incroyable dans ma tête. Je n'avais qu'une certitude : nous allions y rester. Les heures ont passé, courtes et sans fin dans l'attente de la mort. J'ai fait mon acte de contrition pour être en paix avec le Seigneur, pour qu'il m'accueille à bras ouverts... À 10 heures et quart, je savais qu'il ne nous restait plus que quinze minutes à vivre. Évidemment, j'étais malade comme un chien, vomissant sans arrêt de peur et de mal au cœur, mais à la faveur d'une nouvelle chute d'altitude, j'aperçus une route éclairée et je tapai sur l'épaule du pilote pour lui demander s'il était possible de tenter quelque chose. Sacha était très calme. Le pilote eut de la chance de nous avoir tous les deux pour passagers, car il y avait de quoi devenir fou. Les poteaux électriques rendant l'atterrissage impossible, je dis à Sacha de venir s'asseoir derrière à côté de moi, me disant dans un sursaut de vitalité qu'on ne savait jamais, qu'il y avait des miracles et que nous aurions plus de chance de nous en tirer à l'arrière qu'à l'avant. Il est passé derrière, je lui ai fait serrer sa ceinture à fond, j'ai pris notre sac de voyage que j'ai mis devant lui, sur ses genoux, en protection, faisant de même pour moi avec une petite valise carrée qui appartenait au pilote. À 10 h 25, parlant à sa femme à la radio, et s'adressant aussi à nous, j'entendis distinctement le pilote dire, non sans un certain sang-froid : « Adieu les enfants, on se crashe. » Nous sommes descendus dans le noir total. Quelques minutes auparavant, le pilote nous demandait si nous savions nager parce qu'il pensait que cette masse sombre était la mer. Plus tard, j'appris que les Morane explosent en se posant sur l'eau... Puis nous entendîmes les ratés du moteur, le pilote put garder l'avion stable, soudain nous touchâmes le sol, et deux secondes plus tard ce fut l'impact.

Je sus par la suite que le bon Dieu nous avait pris dans sa main, nous avait fait traverser un véritable quadrillage de câbles à haute tension, toucher une colline pour terminer contre le pied d'un pylône en charpente métallique. Ça s'était finalement réduit à un accident de voiture. Le cockpit avait explosé, et nous nous étions encastrés sur ce pylône au milieu des éclairs d'une tempête de fin du monde. Le pilote avait la jambe coincée par le moteur. Sacha, sain et sauf tout comme moi, sauta de l'avion pour trouver du secours. Nous étions au beau milieu d'une colline, en plein Massif Central. Et nous nous croyions au-dessus de Marseille... Tout autour de nous, des pylônes à haute tension. Nous étions passés au-dessus du mont Pilat sans le savoir. Nous avions navigué dans le noir au milieu des montagnes... Je n'appelle pas cela autrement qu'un miracle.

Comme nous en sommes sortis indemnes, personne ne se rendit compte de ce à quoi nous avions échappé. En levant les yeux et en voyant les câbles au-dessus de nous, je compris la faveur du ciel. Si nous en avions effleuré un seul du bout de l'aile, c'était fini. Sacha a couru jusqu'au bas de la colline, il a trouvé une maison et s'est mis à taper contre les volets qui s'ouvrirent sur une personne à qui il se présenta et décrivit la situation. Pendant ce temps je sautai de l'avion moi aussi, et je ne trouvai rien de plus urgent à faire que d'enlever les ballerines que j'avais aux pieds pour enfiler des bottes qui se trouvaient dans mon sac. Je me souviens que j'étais comme dédoublée, et que je faisais ces gestes tout en assistant à la scène et en me disant : « Tu es complètement folle ma fille ! » Comme le pilote avait toujours sa jambe coincée par le moteur, je m'étais suspendue à l'aile pour essayer de stabiliser les mouvements de l'avion causés par le vent et qui augmentaient sa souffrance. Assez rapidement, Sacha est revenu avec les pompiers, au milieu des gyrophares et des sirènes, et le pilote fut dégagé. Entièrement trempés, nous avons été recueillis un moment chez les personnes adorables à qui Sacha avait demandé de l'aide et qui me donnèrent des vêtements secs. Là, j'eus une réaction nerveuse et je me mis à claquer des dents irrépressiblement. En avisant nos affaires que nous avions rapportées, je constatai que la petite valise du pilote que j'avais devant la figure avait été sciée en croix par les tôles du cockpit. Sans elle j'avais le visage en bouillie. Comme quoi il ne faut jamais perdre la tête même dans les cas les plus désespérés...

Ensuite, Sacha se rappela qu'il avait un copain à Saint-Étienne, dont nous n'étions pas très éloignés. C'était Roger Rivière, l'ancien coureur cycliste, avec lequel il partageait le goût des Porsche. Quand il l'eut au bout du fil et qu'il lui raconta notre affaire, celui-ci nous enjoignit de nous rendre immédiatement à la polyclinique de la ville où il nous retrouverait. Sur place, Sacha n'avait qu'une idée : rejoindre Clermont-Ferrand pour honorer son gala. Il insistait pour avoir un taxi, se lançait dans des explications : tous ses musiciens l'attendaient, le public, le contrat... Délicatement, j'essayai de lui faire entendre qu'il était peut-être envisageable de rester tranquille. Lorsque le chirurgien ausculta Sacha qui prétendait n'avoir pas une égratignure, il découvrit une blessure à la jambe telle qu'on lui voyait le tibia. Ce n'était pas grave et il n'y avait pas une goutte de sang car les hommes ont très peu de chair sur le tibia, mais il fallut recoudre et oublier le gala. Je découvris aussi que sous la violence du choc lors de l'impact, la gabardine et le pantalon que je portais avaient été déchirés de haut en bas. Comme je n'avais rien pris pour me changer, les infirmières recollèrent l'ensemble avec du sparadrap pour que je puisse repartir décemment.

Le lendemain, un samedi, le bruit s'était répandu dans la région que Sacha Distel avait eu un accident d'avion dans la nuit. Un maître d'école emmena sa classe voir l'épave de notre Morane. Tous les enfants dessinèrent la scène, et sur cette dizaine de dessins qu'ils m'ont donnés et que j'ai gardés, je pus voir que depuis notre sauvetage le pylône était tombé sur l'avion. Ce qui veut dire que, de surcroit, nous eûmes la chance que le pylône ne s'écroule pas immédiatement sur nous. La femme du pilote nous avait cru morts. À partir de ce jour, nous nous dîmes que tout ce qui nous resterait à vivre serait du rab. Nous y croyions ferme, même si cette patience de la fatalité ne devait pas rendre indolores les surprises à venir.

Au moment de la mort de mon frère, Sacha fut à nouveau touché. Un jour, en se douchant, il se découvrit une tache inhabituelle sur la peau qui grandissait rapidement. Ayant constaté cette évolution anormale, il m'en parla avec inquiétude et la consultation décela la présence d'un mélanome. Heureusement, nous ne savions pas, ni

Sacha ni moi, que le mélanome est un des cancers les plus fulgurants, et qu'en général il ne vous laisse pas plus de six mois à vivre. Sacha est passé au travers, on ne sait pas comment. Il y a des rémissions inexplicables. Les médecins eux-mêmes n'ont pas compris. Ce fut de l'ordre du miracle. Le mélanome est notamment le cancer qui emporta Bob Marley en quelques semaines. Après qu'on lui eut retiré sa tache avec un morceau de chair important ainsi qu'un ganglion à l'aine, Sacha dut subir un an de chimiothérapie sans que personne s'en aperçoive, tout en continuant à travailler.

Récemment, la mère d'une de mes amies est morte d'un cancer quelque temps après avoir eu un mélanome qui s'était stabilisé. Son docteur aurait alors dit à sa fille que dans le cas d'un mélanome, il y a toujours une cellule du cancer qui « part dans la nature ». Je suis un peu étonnée, dans le cas de Sacha. Ce n'est que vingt-cinq ans plus tard que le troisième cancer le toucha, ce qui voudrait dire que la cellule maligne aurait veillé tout ce temps, inoffensive, pour se réveiller un jour fatalement...

Avec moi pour seul soutien, Sacha montra un courage extraordinaire. Il tenait à ce que sa maladie reste secrète à cause de sa carrière, et en cela la chance fut avec lui puisqu'il garda ses cheveux.

Curieusement, il perdit ses cils. Durant une longue année, et malgré une fatigue extrême due à des traitements très lourds, il mena sa vie comme auparavant. Il fut exemplaire et fit mon admiration. Il ne s'est jamais plaint. Il se battait avec calme et discrétion, et s'il était abattu parfois, il le gardait pour lui. Une fois seulement, et sans plus de plainte, il craqua devant moi et se mit à pleurer dans mes bras en me disant qu'il ne verrait pas grandir ses fils. Cela montre tout ce qu'il a pu retenir d'angoisse pour ne pas nous la faire subir.

Il y a vingt-cinq ans, le cancer faisait autrement plus peur qu'aujourd'hui. On sait maintenant qu'il y a plus de chance d'en guérir que d'en mourir, mais à l'époque où l'on découvrit un mélanome à Sacha, le cancer était une psychose. Cependant j'ai des doutes quant à ce que l'on veut bien nous raconter à propos de cette maladie. J'ai l'impression que même s'il se soigne mieux qu'auparavant, le cancer fait de plus en plus de dégâts. Dernièrement encore, une de mes amies a été emportée en trois semaines. Et bientôt on ne pourra plus prétendre que le tabac est responsable. D'ailleurs, certains scientifiques affirment que le tabac lui-même n'est pas cancérigène et que seuls les additifs le sont. Est-ce que les ravages toujours croissants du cancer ne seraient pas simplement le fait d'un air vicié et d'une alimentation malsaine à force de manipulations ? Je ne suis pas du genre à participer à la panique mais il y a des questions à se poser que l'on semble éviter soigneusement jusqu'à présent. Il suffit de se rappeler la farce du nuage radioactif en provenance de Tchernobyl qui aurait sagement contourné nos frontières et se serait volatilisé comme l'armée anglaise devant Jeanne d'Arc... Comment imaginer que nous n'allons pas payer de notre santé la détérioration de l'environnement et le stress qui l'accompagne ?

Durant sa deuxième maladie, c'est le courage quotidien de Sacha qui me soutenait. Envers et contre tout il souriait, malgré la douleur, l'épuisement et le secret qu'il fallait garder. Pour les enfants, comme les séances de chimiothérapie se faisaient à domicile, nous avons dû prétendre à un traitement des cordes vocales. Si j'ai payé le prix fort pour les grâces que j'ai reçues, que n'en fut-il pas de Sacha ! On peut facilement considérer son parcours comme celui d'un homme comblé à qui la vie fut clémente, mais c'est sans savoir combien il a « dérouillé ». Ce qu'il savait d'instinct, c'est que même face aux grimaces il faut rendre le sourire. J'ai noté que, souvent, ceux qui payent le prix fort sont ceux qui n'ont pas de reconnaissance envers la vie, ceux qui s'emparent de ce qu'ils reçoivent comme d'un dû, ceux qui volent impunément. Sacha était parfaitement conscient de sa trajectoire exceptionnelle mais il n'en concevait ni vanité ni mépris. Il ne s'est jamais approprié les idées ou les succès d'autrui. On imagine mal, en privé, la suffisance et la vulgarité de certaines vedettes. En quarante-deux ans, je n'ai vu qu'une seule fois Sacha s'emporter violemment, à l'époque du Sacha Show, quand Michel Sardou se décommanda à la dernière minute. Et parfois, il ne mâchait pas ses mots. Il avait horreur du dédain. Et cela ne prémunit pas de la souffrance. De mon côté, entre ce que je recevais de lui, par son amour et par toute sa personne, et les tourments que je devais connaître de lui et d'ailleurs, j'avais le soutien de ma foi ; ma foi en une vérité supérieure qui dépasse notre entendement.

13.

Je me suis souvent dit que si je n'avais pas eu la foi, il aurait autant valu me jeter du haut de la tour Eiffel.

Il est difficile de parler de la foi. Mais il est certain qu'en premier lieu, c'est un repos. C'est la certitude que quoi qu'il arrive, les événements visibles répondent à d'autres événements invisibles auxquels nous appartenons, même si le matérialisme domine le monde. La foi est aussi la certitude que nous sommes d'essence spirituelle et non matérielle, et c'est une sorte de conscience élargie de nous-mêmes. C'est aussi la certitude que l'invisible se manifeste par des signes à nos yeux ou à nos oreilles, et parfois avec facétie. Par exemple, la foi, c'est entendre comme naturelle cette phrase de Don Juan à Carlos Castaneda : « Notre destinée en soi n'a aucune importance, tant que nous l'abordons avec un total abandon. » Cet abandon que d'autres appellent le lâcher-prise, est un état de sérénité, de perception et d'action que nous avons tant de mal à atteindre mais que nous goûtons parfois avec délice. C'est la foi qui me donne la connaissance qu'une vie est aussi précieuse qu'infime, que notre pouvoir est tel, avec notre faculté de choisir, que nous sommes les auteurs de ce qui nous étouffe, que l'interprétation du monde est encore très obscure et que l'amour est la plus grande des réponses, la plus universelle, et l'unique passage vers la vérité. Il me semble aussi qu'invoquer l'amour, même si on ne le comprend pas, est un acte bienfaisant.

Ma génération fut marquée par l'éducation catholique, qui hélas ne se confond en rien avec la spiritualité. Je ne la rejette pas, elle m'a nécessairement apporté, mais j'ai surtout la sensation d'avoir reçu un fardeau dont il a fallu se débarrasser. J'ai suivi ma scolarité dans une école de filles encadrée par des religieuses en civil. Parmi elles, il y avait des maîtresses de division auxquelles il fallait raconter nos petites histoires, et régulièrement nous devions passer par ces confessions informelles au cours desquelles les sœurs prétendaient établir un dialogue de confiance. Sauf que c'était plus le règne de la délation que celui de la confiance. Il s'agissait évidemment de passer sous leurs fourches caudines et je n'aimais pas cela du tout. On y faisait cependant de très bonnes études et je dois sûrement à mon passage à Sainte-Marie d'être allée jusqu'au bac.

Comme j'étais déjà sportive, j'aimais surtout les parties de ballon prisonnier et j'étais capitaine d'une équipe redoutable. Ce qui ne me sauva pas d'un renvoi au bout de quatre ans, période largement suffisante à mon goût. Un affreux scandale en fut la cause : tous les samedis, en rentrant à la maison, j'achetais *Cinémonde*, une célèbre revue de cinéma de l'époque. Seulement je faisais le chemin avec une camarade dont la pureté ne pouvait s'accommoder de ce geste impie et qui me dénonça. La faute était si grave que ma mère fut convoquée par la maîtresse de division, qui se fit un devoir de lui révéler la nouvelle tant redoutée : sa fille n'avait pas « l'esprit Sainte-Marie ». C'est seulement avec le recul que je considère cela comme un vrai compliment, mais sur le moment j'étais assez ennuyée, tant l'emprise de ces éducateurs était forte.

À la délation, à une inclination toute naturelle pour l'inquisition et le rétrécissement, s'ajoutait la messe hebdomadaire obligatoire en plus de celle du dimanche. On ne devrait pas imposer de telles choses à des enfants. Malgré mon penchant pour la liberté, nous avions le cerveau si bien lavé que je me sentais mauvaise chrétienne en ne réussissant pas à prier pendant les heures où elles nous laissaient à genoux. Je n'ai conservé de tout cela que du dégoût.

Le pire, c'était peut-être la période de Noël, quand nous devions faire des paquets et les décorer pour les remettre aux « pauvres » en banlieue, à Bobigny. Les petites filles riches des beaux quartiers se devaient de montrer ainsi leur bon cœur. Je ne peux pas dire que j'étais fière de ce rôle qu'on nous faisait tenir.

En plus de cette éducation catholique terrible, j'ai des origines protestantes très proches qui n'arrangent rien. J'ai des principes qui me paraissent naturels, et je crois à la vertu qui est le contraire du vice, mais je considère la notion de péché comme abominable. Pourtant on nous en a chargés tant et plus, avec le tourment destructeur de la culpabilité qui l'accompagne comme la famine la guerre. Pour les filles, s'imposait en prime la nécessité de la soumission, qui se voulait intangible. Je dus attendre d'être mariée pour envoyer promener toutes ces fadaises. D'une part je dus réagir à la pression de Sacha, lorsque je me suis surprise dans le rôle de la petite épouse parfaite qui ne bouge pas un œil, et qui doit accepter l'autorité masculine comme allant de soi. Dans ce cas il m'a suffi d'une seule réaction – ce que je fis pour réussir à skier tranquille – pour changer les choses. En cela, et malgré son mode de vie peu commun, Sacha était lui aussi victime de l'éducation du temps. Dieu merci, il avait l'intelligence d'accepter la contradiction de ses croyances et la nouveauté. Ces idées inculquées dès l'enfance comme des certitudes, c'est à soi-même de les battre en brèche. Personnellement, j'avais exactement l'impression d'être ficelée comme une volaille. J'ai remarqué aussi que toutes ces entraves conduisent souvent à l'intolérance, alors que le pardon est mis en avant, avec son hideux acolyte le jugement... Qui sommes-nous pour pardonner, pour juger ? Si l'on commençait plutôt par la tolérance, ce mot magnifique, qui est celui de l'ouverture ? Sans doute conduit-il plus sûrement à l'amour.

Au moment de ma vie où je commençai à me dépêtrer de mon éducation, j'eus le bonheur de fréquenter la bande de Roger Vadim et des frères Marquant, dont l'un d'eux, Christian, était celui qui m'avait proposé de faire du cinéma quelques années auparavant. Pendant une période, je skiai avec eux : c'étaient des moments de folie intégrale et de liberté. Tous ensemble, ils étaient animés d'une énergie folle, filant comme des fous, s'exposant sans cesse à des périls, sautant des barres rocheuses, tout cela dans une rigolade ininterrompue. C'étaient des « déconneurs » dans le meilleur sens du terme, mais surtout l'esprit qui soustendait leurs actes me fit une impression profonde. En fait, ils aspiraient à changer le monde, et en tant que représentants de la caste privilégiée, ils étaient décidés à éliminer tout ce qu'ils considéraient comme des réactions bourgeoises, c'est-à-dire prédéterminées. Aussi étaient-ils les tenants de la surprise, de l'incongruité et même d'un certain désordre. Même si j'avais l'intention de rester mariée et fidèle à Sacha, leur liberté fut contagieuse et me donna une idée de la mienne. J'avais trente-quatre ans et je progressais. Le but de la vie n'est-il pas uniquement de progresser ? Et tout progrès n'est-il pas que progrès de la conscience ?

Je crois que j'ai toujours eu la foi, et dès que le hasard me mit en contact avec certains textes que l'on range communément sous le terme de spiritualité, je m'y plongeai avec avidité. La première fois, j'avais dix-huit ans et je tenais entre mes mains un joyau, *Le zen dans l'art chevaleresque du tir à l'arc*. Ce livre est le récit par le philosophe allemand Eugen Herrigel de ses années d'apprentissage du tir à l'arc au Japon auprès d'un maître. Je fus éblouie par cette lecture, dont je saisissais naturellement toutes les vérités comme si je les attendais. Par exemple il me paraissait effectivement évident que « l'araignée danse sa toile ». Et comme je comprenais qu'il s'agissait tout d'abord d'un art de vivre propre à tous les domaines de la vie, je me suis dit avec une conviction instantanément chevillée au corps : « C'est comme ça que je veux skier. Je ne veux pas skier, je veux être skiée. » Je n'ai jamais pratiqué la discipline du zen, mais j'ai eu la perception de quelque chose d'extrêmement précieux, et je crois que d'une certaine manière, j'ai « métabolisé » ce livre. C'est un peu comme si je m'étais chargée d'un programme comme Néo dans *Matrix*, à qui l'on implante, comme on télécharge un programme dans un ordinateur, la maîtrise de tous les arts martiaux existants. Et ma façon de skier s'en est ressentie.

Il n'est pas question pour moi de me vanter à ce sujet, mais j'ai reçu des témoignages d'admiration à peine croyables. Certaines personnes, me voyant skier, ont été fascinées. Sur des skis, c'est comme si je dansais. Je touche à peine la neige, et leur fascination me fait plaisir car je sais qu'elle correspond à un art que j'ai cultivé. Danser à ski est une chose extraordinaire. Un guide de Chamonix qui nous accompagne parfois, le genre d'homme dont on compte les mots qu'il a prononcés dans une journée sur les doigts d'une main, un jour où je m'arrêtais près de lui après un passage de neige très épaisse, m'a dit : « Qu'est-ce que tu skies bien ! » C'est un des plus beaux compliments que j'ai reçus. J'eus droit à un hommage similaire, alors que je venais de descendre une piste au bord de laquelle était arrêté James Couttet, que je n'avais pas remarqué. Il avait été champion du monde, et en authentique Chamoniard, il ne l'ouvrait guère plus que notre ami guide. En me rejoignant en bas de la piste, il me dit : « Ben dis donc, Francine, tu skies bien ! » J'aime tellement le ski que j'ai toujours voulu le pratiquer au mieux, et en plus du plaisir que j'éprouve, j'ai reçu ce genre de grandes récompenses, discrètes mais qui touchent le cœur.

Je peux évidemment tomber comme tout le monde, mais j'ai acquis le style. Le style, c'est surtout ne pas se regarder skier, comme dans tout ce qu'on fait de bien. Je ne crains pas de dire que le ski est ce qui m'a apporté le plus de joie immédiate dans la vie. Pourvu que mes jambes et ma carcasse tiennent le plus longtemps possible, parce que le jour où je ne pourrai plus skier, je serai vraiment très malheureuse.

En 2005, après des mois d'épreuves sans répit, j'étais très anxieuse à l'idée de remonter sur mes skis. Allais-je encore tenir debout ? J'étais si angoissée que j'ai attendu trois jours avant de me lancer. Je me sentais tellement inapte que c'est mon fils Julien qui a dû venir me tirer par la manche. Après quatre virages, la magie reprenait. Comme, en plus, j'avais perdu cinq kilos, j'étais un vrai papillon. À skis, j'éprouve une sensation de vol. Filer entre les arbres comme un oiseau est un enchantement. Parfois je me fais peur, mais là encore j'ai été protégée. Je me suis déjà dit plusieurs fois, dans le dixième de seconde qui précède une grosse chute : « Ça y est, j'y ai droit... » Mais je suis toujours repartie malgré quelques douleurs.

Je me rappelle très bien l'apparition des skis « nouvelle génération », quand je les ai essayés pour la première fois, et que j'ai littéralement hurlé de bonheur. Je me suis dit que j'allais pouvoir skier jusqu'à quatre-vingt-dix ans : avec un tel matériel, on économise la moitié de son énergie. Je suis possédée sans honte par cette passion, et je l'ai transmise à tellement d'amis auxquels j'ai appris à skier, que j'ai finalement beaucoup exercé mon métier de monitrice.

C'est également par le ski que je me suis intéressée à la spiritualité. Inconsciemment, j'avais sans doute déjà saisi quelques principes, car mon attention avait été telle dans la pratique du ski que je connaissais déjà une certaine forme de détachement qui, dans toute spiritualité, conduit au cœur même des choses. L'attention conduit au détachement qui conduit au centre. Sans que je le sache, mon approche du ski était donc déjà empreinte de spiritualité que la lecture du *Zen* confirma et développa. Puis je constatai que la culture de la spiritualité développe l'intuition, une intuition sans doute nécessaire au départ pour percevoir la justesse de la nouveauté. Combien d'entre nous rejettent sans hésiter comme des balivernes le message de ces livres qui m'ont tant éclairée ? C'est l'intuition qui est certainement le lien avec cette connaissance universelle très troublante qui est à la portée de chacun de nous et qui se révèle parfois dans le rêve mais aussi par de multiples méthodes, et que d'aucuns nomment inconscient collectif, ou annales akashiques.

Dès ce moment où je découvris le *Zen*, je fus guidée dans mes lectures et je peux même dire que les livres les plus importants de ma vie me vinrent d'eux-mêmes. Je ne suis pas à l'affût des coïncidences, mais elles furent si présentes dans ma vie que je les ai toujours suivies naturellement. Un jour, il y a très longtemps, j'étais dans le Midi et je cherchais un livre dans une librairie. Il existe un arbre que j'aime particulièrement et que depuis j'ai fait planter chez moi, que j'avais remarqué pour la première fois dans un petit jardin fermé de Saint-Tropez : le datura. Or ce jour-là, après avoir regardé et reposé deux ou trois livres, je tombe sur *L'herbe du diable et la petite fumée*, où je vois immédiatement que l'auteur, Carlos Castaneda, parle de la racine du datura. Ce livre, où l'auteur révèle les leçons qu'il a reçues de Don Juan, chaman mexicain à l'humour irrésistible, me transporta à nouveau. Par la suite, j'ai lu tout ce que Castaneda a écrit bien que j'aie moins aimé ses derniers livres.

Ces livres dits « spirituels » sont les seuls auxquels je tiens : j'en ai une pleine bibliothèque. Je peux même dire sans exagérer que ce dont ils parlent est la part de l'existence humaine qui m'intéresse le plus. Je veux dire que la perception du monde qu'ils relatent est la seule à me paraître juste même s'il faut bien accepter de se débattre au cœur de ce mauvais décor. Bien souvent, il me semble en effet que nous ne faisons pas grand-chose d'autre que nous débattre, et je crois, du plus profond de moi-même, que nous n'y sommes pas voués. Je n'ai pas de vision utopique, mais je crois que la conscience humaine harmonisée serait un miracle qui changerait le monde à l'instant. Or ces livres représentent pour moi le chemin de la conscience. Si je crois en la magie, c'est en celle de la conscience.

Longtemps, j'eus pour livre de chevet *La vie des maîtres*, de Baird T. Spalding, qui relate les recherches au Népal, à la fin du XIXe siècle, d'un groupe de scientifiques américains. Les maîtres sont des hommes qu'ils rencontrèrent et qui ont découvert l'accès à toutes les richesses. Leurs prodiges comme la victoire sur la mort sont une vérité promise à tous. Encore une fois, ce livre me tomba presque par hasard entre les mains. Je le trouvai chez des amis, dans la chambre où j'allais passer la nuit.

Ma vie fut parsemée de signes et de petits miracles que j'ai souvent gardés pour moi. Cela me rendit certainement d'autant plus apte à apprécier cette littérature qui n'a pas la prétention d'en être, et qui, je ne l'ignore pas, est un sujet de raillerie pour la majorité correctement « cultivée ». Néanmoins j'ai toujours gardé la tête sur les épaules en tâchant de faire face à la vie.

En matière de miracle, je tiens celui de mon chalet pour l'un des premiers. J'avais alors une vingtaine d'années, et je me trouvais au Mont d'Arbois, sur la route qui fait face à Megève. C'est un périmètre très précis. Je me souviens parfaitement, au bord de cette route, de m'être mise à penser très intensément à une maison qui serait la mienne dans les environs. Cette pensée n'était pas née consciemment. J'eus plutôt l'impression qu'elle s'emparait de moi, qu'elle était présente en ce lieu, et je ne suis pas loin de croire que ce jour-là, en la captant et la conservant, j'ai matérialisé mon rêve. En tous cas c'était une pensée prémonitoire. Ce genre d'expérience s'est reproduit dans ma vie à plusieurs reprises, si bien que j'ai pu en user de même avec des pensées tout à fait conscientes. Et il n'est pas nécessaire d'être versé dans le surnaturel pour le comprendre. Récemment, j'entendais une jeune actrice expliquer à un animateur de télévision que tous ses désirs se réalisaient spontanément. Elle ne faisait que le constater innocemment, et je crois effectivement à un mécanisme de réalisation spontanée des désirs. Ce qui n'empêchera jamais d'en baver terriblement parfois, et de se retrouver complètement perdue comme ce fut souvent le cas pour moi. Ce que j'ai pu constater, c'est que les désirs ne se réalisent pas pour la satisfaction personnelle. Cela doit toujours venir de très loin, ou de très près ce qui est la même chose. Par exemple, il ne s'agissait pas pour moi de posséder absolument quelque chose à Megève, il ne s'agissait même pas d'un désir, mais de la manifestation d'un amour très profond pour le lieu où je me trouvais. Toutes ces pensées qui finissent par se matérialiser ont nécessairement l'amour pour origine, et toute notion de profit personnel les annihile. Car par la suite, tout est venu de soi-même.

Ce genre d'histoires fait dire à certains de mes amis que je suis une sorcière. Ils constatent seulement que j'ai de la chance, que lorsque je souhaite quelque chose je l'obtiens souvent, que je devine certaines choses et que je suis douée d'une sorte de supra perception qui, de surcroît, aurait tendance à se développer avec l'âge. Il n'en faut pas plus pour faire une sorcière ! Au demeurant, je crois que cette forme d'aisance s'accompagne d'une nécessaire discrétion. Pas d'un secret suspect, ni de rien d'intempestif ou de trivial.

Une fois que mon rêve m'avait imprégnée dans ce lieu précis, le hasard me fit rendre visite à Jean Vuarnet alors que j'accompagnais mon père au golf d'Évian. J'ai couru avec Edith Vuarnet, sa femme, qui mourut dans la tragédie pseudo mystique du Temple solaire. Edith était née Bonlieu, et c'était une des meilleures skieuses de l'équipe. C'est parce qu'elle s'était blessée que j'avais été sélectionnée aux Jeux Olympiques. Jean ne découvrit l'appartenance de sa femme au Temple solaire qu'au moment où le chalet de la secte en Suisse a sauté. Elle avait été entraînée dans cette histoire avec son fils, et ils devaient y trouver tous les deux la mort l'année suivante, dans l'incendie en pleine forêt qui était censé déguiser leur assassinat en suicide collectif. Cette affaire vraiment sinistre n'a jamais été élucidée. Partie de Suisse, elle avait des ramifications en France et au Canada, avec des implications qui sont restées secrètes.

À Morzine, je découvris le chalet de Jean, qui était fait de mazots assemblés. Les mazots sont des constructions de bois, montées en queue d'aronde, que les paysans de la région bâtissaient aux abords de leur ferme pour en faire des greniers. Ainsi, ils préservaient leurs richesses du feu qui prenait trop souvent dans les fermes. Ils y rangeaient ce qu'ils avaient de plus précieux en dehors de leur vie : le grain, l'argent et les habits du dimanche. Je fus immédiatement séduite par cette trouvaille, et je me dis que si j'avais un chalet un jour, je le ferais comme Jean. Sur ce, il me dit que si jamais je voulais des mazots un jour, je n'avais qu'à lui demander.

Je n'avais pas un sou, mais j'en parlai à ma grand-mère qui était aussi ma marraine. Elle me donna trois mille francs et j'achetai mes mazots sur-le-champ. Cela se présente comme un jeu de construction : les poutres sont numérotées, et on les démonte, les transporte et les remonte à volonté.

Pendant la guerre, quand nous habitions Megève, mon père avait acheté un terrain au Mont d'Arbois. Depuis, il s'était lancé dans un projet immobilier qui consistait à y faire construire trois immeubles en forme de chalet qui seraient découpés et vendus en appartements. Il restait en plus, inutilisé, un petit bout de terrain en contrebas, en bord de route, où ma mère avait fait construire un garage et où j'entreposai mes mazots. Je me disais que si je le pouvais, je les remonterais un jour. Sans que j'aie le temps d'y penser, ma mère me donna le terrain et le maire qui me maria me permit d'y remonter mes mazots. Comme ce sont des constructions démontables, elles sont considérées légalement comme du mobilier. J'étais donc dans mon droit, et il a suffi de faire construire une base en dur, de travailler un peu sur l'orientation avec l'architecte, et de remonter mes mazots juxtaposés. Le résultat fut une maison adorable, que j'ai faite et qui est vraiment la mienne.

Depuis ce temps-là, le procédé a été abondamment repris dans le pays, mais souvent en beaucoup plus luxueux, voire somptueux. Il faut voir les chalets qui ont poussé à Megève depuis quarante ans, c'est un concours de palais. Mais quand mon père découvrit le résultat, il n'en revint pas. « Tu appelles ça un mazot » ? me dit-il. Il est vrai que l'ensemble a un certain cachet, et mon père s'attendait plus à une cabane. Seulement il oubliait que j'étais désormais mariée et bientôt mère et qu'il me fallait une maison un tant soit peu élaborée. Aujourd'hui, on peut y dormir à dix, mais il n'empêche que mes mazots rentreraient facilement dans le garage de n'importe lequel des chalets que les milliardaires se font construire.

« Les mazots », comme je les appelle, sont exactement à mes proportions. Je m'y sens bien, même seule, et je reçois le soleil du matin au soir. C'est un endroit plein de charme. Il m'est arrivé de les louer, jusqu'à ce que la clientèle de la station se mette à exiger le grand luxe : Beverly Hills en Savoie, avec piscine, sauna et salle de sport. Megève est devenu comme Gstaad, et mes petits mazots y font figure de maison des sept nains.

Je ne sais pas comment l'ange gardien est venu mais il a débarqué un beau jour et je sais qu'il est là. Je sais aussi qu'il faut lui parler et qu'il n'intervient que si l'on s'adresse à lui. Certains disent qu'il s'agit du surmoi, de la supra conscience présente dès la naissance. Dans la tradition hébraïque, mon ange s'appelle Ekamiah, et son rôle est d'aider ceux qui ne croient pas, ceux qui doutent. À ce sujet, Sacha était touchant. Il me disait : « Mais tout ce que tu lis, là... Tu crois vraiment qu'il y a quelque chose après ? » Je lui répondais : « Chéri, ne te fais aucun souci. » Il me faisait tellement confiance qu'il était rasséréné par mes paroles. Ma foi était la sienne. Et maintenant c'est lui qui sait.

Quand j'ai dû m'occuper de la promotion du livre de Sacha parce qu'il n'était plus là pour le faire, Thierry Ardisson me demanda, au cours de son émission, si je croyais à la vie après la mort. Je lui ai répondu que je croyais à la vie après la vie, car je suis convaincue qu'en vérité la mort n'existe pas. Pourtant, je suis bien placée pour parler des souffrances qu'elle provoque, mais je ne crois pas cela contradictoire. La mort me fut souvent imposée, et j'ai toujours cultivé sa pensée.

L'un des passages que je préfère dans *Le zen dans l'art chevaleresque du tir à l'arc* est celui où un homme s'approche d'un maître de sabre pour lui demander la faveur de devenir son disciple, et où le maître lui répond qu'il n'a rien à lui apprendre. Ne comprenant pas, l'homme l'interroge, et le maître lui explique qu'il a vu en lui qu'il ne craignait pas la mort, et que par conséquent il est déjà maître lui-même. L'homme répond alors au maître qu'il s'est en effet toujours confronté à l'idée de la mort jusqu'à ne plus la craindre, et il s'en retourne.

Je pense à la mort sans arrêt. Parfois je pense au côté matériel et à ce que je vais demander à mes enfants de faire de mon enveloppe vide. Je voudrais être incinérée, que l'on jette un peu de cendre dans la neige à un endroit que j'ai montré à mes copines, et que l'on porte le reste près de

Sacha. Le grand bond m'intéresse, et je me dis que je vais retrouver un tel ou un tel, plein de monde que j'adore. Ouspensky, le compagnon de Gurdjieff, a évoqué dans un de ses livres l'état où il faudrait se trouver au moment de la mort, et il le décrit comme celui d'une conscience honnête et tranquille. C'est ainsi que je voudrais être et je pense que j'aurai aussi l'espoir de la liberté retrouvée.

14.

Il y a une période où j'ai craint de perdre Sacha pour de bon. Jusque-là, j'étais sereine au moins sur ce sujet. À tort. Lorsque la bombe explosa je fus emportée dans son souffle. Les femmes ont des crises, vers quarante, quarante-cinq ans. Elles voient la vie avancer, une partie d'elles-mêmes leur échapper irrémédiablement, et elles peuvent en concevoir des tentations. Chez les hommes, on appelle cela le démon de midi. La cinquantaine approchant, beaucoup d'hommes passent par une phase où ils se disent qu'ils ont fait leur vie, avec une femme et des enfants, et où ils sont tentés par une seconde vie avec une femme qui renouvelle leur inspiration et, disons, leur appétit. Ils se savent encore séduisants, en pleine possession de leurs moyens et encore à la hauteur de leur désir ! Avant tout, c'est une emprise de la sensualité et de la vanité.

Sacha eut un tel passage. À demi-mot, il m'a fait clairement entendre qu'il risquait de me quitter, et j'ai su plus tard que la chose était programmée. Je suis tombée de haut. Franchement, je pensais qu'avec ce que nous avions déjà vécu, c'était impossible. Je n'arrivais pas vraiment à y croire. Je le connaissais assez pour avoir la quasi-certitude que s'il partait, il rentrerait la queue basse au bout de six mois. Ce qui est bête dans l'affaire, c'est que je me connais assez également pour savoir que la porte aurait été fermée. Mais je n'en reviens pas encore. Le pauvre Sacha s'en est pris plein la tête et il est retombé brutalement sur terre, où je l'attendais comme toujours.

Pour ma part, j'eus peu de temps pour me torturer l'esprit, puisque huit jours seulement s'écoulèrent entre le moment où il me fit comprendre sa liaison et ses projets, et celui où la vie en décida autrement, provoquant au passage des dégâts irréparables. J'ai longtemps occulté la période de ces huit jours de cauchemar où j'ai dû vivre avec l'idée que Sacha allait partir. Pendant que lui flottait dans son rêve.

Aujourd'hui, je peux à peu près en parler. J'étais simplement menacée de perdre le sens de toute ma vie. Il y a de quoi devenir fou. Je dus constater que malgré un coût exorbitant, le destin ne me lâchait pas. Sacha revint durablement blessé et sa passagère ne s'en remit jamais tout à fait. Pourtant ce châtiment mit fin à mon angoisse, si bien que ce fut aussi un miracle pour moi, même si j'en mesure le caractère impitoyable. À l'instant de ma vie où je connus la détresse la plus intime, je trouvai une protection que je ressens du plus profond de moi-même.

Souvent, on se surprend dans les épreuves. La nuit de l'accident, Sacha venait juste de terminer une série de dates à l'Olympia. C'était la fin du mois d'avril 1985. J'avais assisté à la dernière, où sa maîtresse, au premier rang, se tenait dans une posture presque indécente. Ils s'étaient déjà montrés deux ou trois fois ensemble en public, ce que Sacha s'était toujours gardé de faire jusqu'à ce jour. J'étais rentrée seule, tandis que lui était sorti comme d'habitude pour, disait-il, évacuer la tension. C'était une vieille habitude à laquelle je m'étais habituée. À 4 heures du matin, le téléphone me réveilla. C'était Sacha, qui m'annonça d'une voix lente et monocorde : « Je viens d'avoir un accident, je suis un peu blessé mais la personne qui est avec moi est dans un état grave. Je t'appelle pour que tu ne sois pas prévenue par les gendarmes ou par quelqu'un d'autre, pour que tu ne te fasses pas de souci. »

Cette nuit-là, il était sur une route de la Mayenne, avec Chantal Nobel et ses deux chiens, en direction de Magny-Cours où elle devait participer à une course de célébrités. Nous avions déjà entendu parler de ses compétences de pilote, lors du « dîner en blanc » d'Eddy Barclay où nous l'avions rencontrée quelques mois auparavant. Le téléphone raccroché, je me suis assise dans mon lit en pensant à Sacha blessé au bord de la route au milieu de la nuit, avec dans l'épave de sa voiture une passagère inanimée. Et j'eus une pensée : « Dès demain matin, ils nous tombent dessus. » Les médias, bien sur. Ce n'était pas une crainte mais une certitude. Puis je me suis demandé calmement ce que j'allais dire, passant méthodiquement en revue mes différents choix et je me suis rendormie. Le lendemain, c'est Claude Deffe, qui travaillait toujours avec Sacha, qui m'appela le premier. Il était paniqué, je le rassurai. Puis le téléphone commença à sonner, sans répit, et moi à faire front. « Bien sûr que je suis au courant, disais-je. Chantal est une amie et Sacha, qui adore les courses automobiles, a voulu l'accompagner. » J'enrobais l'affaire comme je le pouvais, le plus simplement possible avec quelques éléments de vérité. Personne n'était dupe mais je maintenais posément mon discours. Par ailleurs, personne n'avait tenu la chandelle. En même temps que je répondais en faisant l'innocente, je gardais à l'esprit que cette catastrophe sauvait peut-être mon mariage. J'attendais quand même de voir : Sacha était au désespoir d'avoir blessé Chantal Nobel, et je devais expliquer l'affaire à nos fils qui avaient alors vingt et un et dix-huit, le but étant de se serrer les coudes, en commençant par aller voir leur père.

En entrant dans sa chambre d'hôpital, j'eus un choc : la moitié de son visage avait doublé de volume, avec l'œil fermé. Il se mit à pleurer en me demandant pardon. Laurent et Julien m'accompagnaient, et nous croisâmes son impresario, Charley Marouani, dont j'ai toujours apprécié l'amitié et la valeur.

En voyant Sacha ainsi, j'éprouvai de la pitié mais en même temps je fus rassurée. Il était à nouveau avec nous et tout rentrait dans l'ordre. Ce n'est pas pour autant que les temps à venir allaient être radieux. D'abord Sacha, en plus d'être blessé, était complètement bouleversé, et ce n'était pas difficile à comprendre : Chantal Nobel est restée vingt jours dans le coma. Je peux dire que durant ces vingt jours, je n'ai pas cessé de prier pour qu'elle reprenne conscience. Je dois reconnaître que ma prière concernait aussi Sacha, parce que si quelque malheur arrivait, il ne s'en serait pas remis. De sa grande sensibilité et de la délicatesse qui était le fond de son caractère, il résultait une fragilité totale face à certains événements. Il n'aurait pu survivre avec le sentiment d'avoir tué quelqu'un.

Puis vint le moment d'affronter une série d'expertises et de contre-expertises. Les Porsche sont survireuses et leur puissance les rend extrêmement dangereuses. Quand elles perdent le contact avec la route, elles partent comme des toupies à pleine vitesse. Je n'ai jamais aimé ces voitures et Sacha ne jurait que par elles. Cette nuit-là, il roulait à soixante-treize à l'heure mais le dérapage eut lieu avec la violence que l'on sait.

La suite fut longue, et pénible. J'ai commencé par soigner Sacha, lui faisant des pansements d'argile pour que son impressionnant hématome se résorbe. Puis il réussit, par l'intermédiaire d'un ami, à rendre discrètement visite à Chantal dont le mari s'occupait. Dans cette atmosphère déjà pesante de remords, de méfiance, d'irréparable, la presse s'offrit un rôle détestable. Pendant presque un an, elle fit ses choux gras de l'accident de Sacha qui était devenu sa victime de prédilection. Au point que le cas devint une affaire célèbre qui inspira une quantité de plaisanteries d'un goût suspect. Nous fîmes même contraints d'intenter un procès à un magazine, que nous avons gagné. Dans le livre qu'il écrivit avant de mourir, Sacha parle d'un « torrent de boue qui faillira bien mettre un terme à ma carrière et me laissera à terre, sans réaction, pendant des mois ».

Des semaines durant, Sacha eut les paparazzi à ses trousses. Quand il dut se rendre chez Porsche pour récupérer la facture de sa voiture réclamée par les assurances, il fut « shooté » sous l'enseigne. La photo fut ainsi légendée : « L'accident ne lui a pas servi de leçon, il est venu en commander une autre. » Ce n'est qu'un exemple de leurs innombrables malfaisances.

Personnellement, la presse ne me touchait pas beaucoup. Avec les années, j'avais acquis une philosophie à son sujet qui se résume ainsi : « Autant en emporte le vent. » J'avais suffisamment vu ses outrances ridicules qui font que l'on chute en quelques semaines du sommet de la gloire, ou que, du fond du trou, on devient un héros du jour au lendemain. C'est ce qu'on appelle l'expérience. Alors, même si certains tenaient à faire durer l'affaire, je savais qu'il suffisait de baisser la tête sous la bourrasque et qu'à un moment ou à un autre nous pourrions la redresser.

Après plusieurs mois passés à soigner Sacha, j'éprouvai le besoin de partir pour Tahiti afin de souffler un peu. Mon père m'accueillait toujours les bras ouverts. Je mesure à nouveau la chance que j'ai eue de disposer de havres de paix où je pouvais me ressourcer dès que j'en ressentais le besoin. Je partis au mois de juillet, laissant derrière moi deux mois de cauchemars. Mon père était alors à Paris, et je voyageais avec lui.

Comme on dit d'un boxeur, j'encaisse bien, mais deux mois de ce régime m'avaient anéantie. Je n'osais pas dire à Sacha que j'allais partir pour Tahiti, mais son état s'améliorant, je finis par lui expliquer ma fatigue et mon besoin de repos. Naturellement il me donna raison.

Toute l'année qui suivit fut particulièrement éprouvante. J'étais restée plus longtemps que prévu à Tahiti, ne rentrant qu'au mois d'août, et m'étant tellement éloignée, tant physiquement que mentalement, de ma vie en France, que je ne savais pas du tout ce que j'allais trouver à mon retour. Dans quelle atmosphère j'allais tomber et quelle mauvaise surprise pouvait bien m'attendre. Pendant mon absence, Sacha était parti pour Thalassa avec les enfants. Chantal Nobel était en rééducation à Hyères où il allait parfois la voir. Quand je réapparus, il n'y en eut littéralement que pour moi : j'étais la plus belle, la plus gentille, la plus intelligente, la plus solide... De mon côté, j'étais un peu amère, j'en avais pris plein la tête et j'étais encore sonnée malgré ma convalescence chez mon père. Ainsi, pendant un an, j'ai eu le plus grand mal à m'abstraire de tout ce qui avait fait vaciller ma vie. Après cette année incertaine, nous avons repris le cours normal de notre vie. J'avais absorbé, j'avais admis, je m'étais remise.

Je ne suis pas certaine que Sacha se soit rendu compte du mal que j'ai eu à surmonter l'épreuve. Décidément je fais une comédienne crédible. Je me suis même surprise de ce don qui me donnait l'air dégagé. Mais à l'intérieur, c'était le grand brouhaha. Je crois que je retrouvai la paix grâce au temps. Un geste de Sacha me toucha aussi plus que les autres : il vint me chercher à la montagne pour m'accompagner au chevet de mon père qui devait être opéré de la vésicule à Paris. C'est un détail, mais il eut son importance et marqua le retour à une certaine harmonie.

De cette période noire, je ne conserve que les témoignages d'affection. Ceux reçus à la mort de Sacha, de soutien, de reconnaissance pour sa trajectoire lumineuse, me prouvèrent mille fois qu'il est des êtres humains qui s'attachent à la beauté des choses, et dans le cas de Sacha, à son charme, à son talent, à sa gentillesse tant regrettée, avec de surcroît l'image de notre couple restée intacte. Cette image était le reflet fidèle de la vérité et prouvait encore s'il le fallait que les épreuves traversées nous renforcent, et qu'il faut passer par elles pour savoir que nous sommes solides comme le bronze.

C'est un exercice étrange que de faire défiler sa vie, car elle s'éclaire d'une lumière qui nous échappait dans le déroulement de l'action. Sous cet éclairage, les coïncidences et les circonstances déroutantes se révèlent. Ainsi sans cet accident funeste, Sacha et moi ne serions peut-être pas restés unis. La cruauté et la facétie du destin, en même temps, sont extraordinaires. Les suites d'un autre scénario auraient été plus dramatiques encore pour Sacha que pour moi. Il m'aurait quittée comme il le projetait, abandonnant ce qu'il avait de plus cher au monde pour une liaison éphémère. Je le connaissais assez bien pour savoir que cela n'aurait pas duré.

Au moment de l'accident, Sacha avait beaucoup de projets en cours : une émission de télévision le dimanche après-midi, la présentation du festival de Cannes, le lancement d'un parfum... Tout s'arrêta net. « L'animateur dont au temps des Sacha Shows beaucoup avaient sollicité le soutien, écrit-il, le chanteur qui traversait les générations avec le même succès et continuait à remplir deux cents fois par an ses salles de concert, était devenu encombrant. La grande famille du spectacle me rejetait. Plus sur l'affiche. Plus sur la photo. Écartez-vous. Vous nous gênez. » Tout ce qui était en cours fut annulé instantanément, et le téléphone cessa de sonner. Cette période fut très dure pour tout le monde, aussi bien pour nous deux que pour les enfants. Sacha n'avait encore jamais connu ça. C'est à cinquante ans qu'il dut faire l'expérience des difficultés, des portes fermées, des occasions qui se dérobent systématiquement. Il avait trop réussi, trop tôt, trop facilement, trop longtemps. La meute le guettait dans ce mauvais tournant, et elle se déchaîna avec la plus mauvaise des joies. Tant qu'on ne l'a pas vécu, qu'on n'en a pas été victime, on ne peut pas soupçonner l'étendue de l'envie, de la jalousie qui habitent certains. Et du plaisir qui peut être pris au drame des autres. Ce sont toujours les mêmes qui se déchaînent quand on est à terre. En beaucoup moins intense, je connus cela au moment où j'allais être sélectionnée pour les Jeux, et où la jalousie me fit barrage.

C'est grâce à Gérard Louvain, après des années, que Sacha put réapparaître à la télévision et se remettre à travailler normalement. Heureusement, de belles expériences l'attendaient encore, comme la comédie musicale *Chicago* à Londres, l'une de ses dernières grandes joies de scène et l'un de ses derniers triomphes. J'étais très fière, l'Angleterre accueillait une fois de plus son Français préféré les bras grands ouverts, et l'on voyait Sacha qui avait retrouvé le sourire, entouré de filles, sur tous les bus de Londres.

J'étais aussi extrêmement soulagée pour lui, car c'est Sacha qui souffrit le plus. Je lui laisse la parole : « Reste en moi cette tristesse. Je sais qu'elle sera toujours présente et que certaines cicatrices sont plus profondes que d'autres. Mais comme on dit dans notre métier, le spectacle continue. »

15.

En me livrant ainsi, je remarque que même dans les phases les plus sombres, ce n'est pas l'inquiétude qui me ronge. Je ne m'angoisse pas a priori. J'affronte le moment présent, ce qui est bien suffisant pour moi. Je ne suis pas pessimiste et tant que le malheur n'est pas là, pourquoi l'envisager ? Quand on est sous une chape de plomb, que le poids des événements devient presque physique, on en subit largement assez, à mon sens, pour s'éviter de vivre d'autres malheurs par anticipation. Même quand Sacha était aux prises avec la maladie, et cela représente quelques années de ma vie, je vivais au jour le jour. Je pense que je n'aurais pas pu survivre autrement.

Durant son dernier combat, le plus dur était de faire jusqu'au bout comme si ce n'était pas grave, alors que je savais son cas irrémédiable. Je réussissais à ne montrer aucune angoisse, et je lui assurais, l'air sincèrement convaincue, que ça allait s'arranger. Mais quand je le pouvais, j'allais hurler dans un coin. Je hurlais pour de bon, sinon j'aurais explosé. Je sentais qu'il était important pour lui que je n'aie pas l'air inquiète. Décidément, j'eus beau refuser de faire du cinéma, j'ai tout de même joué la comédie beaucoup plus que je ne l'aurais souhaité !

Comme je lui souriais toujours, j'étais apparemment sereine et confiante, mais je n'en menais pas large. Je ne pouvais absolument pas me permettre de lui laisser deviner mon angoisse si je ne voulais pas qu'elle l'envahisse. Sa confiance en moi était telle que mon calme apparent l'aidait à vivre.

Aujourd'hui encore, deux ans après sa mort, il y a une partie du périphérique que je ne peux plus emprunter tant les souvenirs qui y sont associés sont épouvantables. J'ai tant roulé entre la porte d'Auteuil et la porte d'Orléans pour aller le voir à Villejuif, et entendre un jour que les organes vitaux étaient atteints... Opéré d'une simple occlusion intestinale, on lui découvrit un polype et l'on m'annonça que le foie et le péritoine étaient touchés. À ce moment-là, je sus que le sort était scellé, à moins d'un miracle auquel je ne croyais plus. Sacha avait déjà réchappé au mélanome et obtenu vingt ans de répit : cela n'arriverait pas deux fois. Il ne fallait pas trop en demander. Le foie peut se régénérer mais le péritoine enveloppe tous les organes et s'il est atteint, il n'y plus d'espoir. Pour m'enlever toute illusion, une de mes amies était morte, peu d'années auparavant, exactement de la même manière. Sacha fut opéré en mai, et il est mort au mois de juillet de l'année suivante. Durant plusieurs mois, il fut épargné par la souffrance, mais avec le mal, la douleur se mit insidieusement à gagner, jusqu'à l'insupportable pendant les dernières semaines.

La foi m'a soutenue parce que la souffrance d'un être aimé est horrible. Quand les semaines de douleur s'accumulèrent, j'implorais une mort rapide, une crise cardiaque qui le faucherait dans la rue... Je ne pensais qu'à ça, à cette improbable clémence du ciel pour lui éviter la torture. Bien sûr j'en aurais éprouvé un choc épouvantable, mais assister à la souffrance jour après jour est odieux. Finalement on survit, mais il n'y a rien de pire au monde, et rien d'autre à faire que mettre des emplâtres de morphine. Il est impossible d'avoir une idée de la souffrance si on ne l'a pas vécue. De même que l'on doit avoir du mal à concevoir la difficulté que j'ai encore à évoquer ces derniers mois.

Sacha fut exemplaire dans la souffrance ; ce fut monsieur Courage, en plus de monsieur Discrétion, de monsieur Distinction. Personne ne se douta, durant ces longs mois d'agonie, qu'il était en route pour l'autre monde, que bientôt on n'aurait plus sur terre la grâce de son sourire. Au mois de mai, il a joué une dernière fois au Petit Journal avec Bireli Lagrène. C'était quasiment ses derniers moments de validité et il les consacrait naturellement à la passion de sa vie. Cette fois-là, des amis constatèrent sa maigreur et son masque, et je leur dis que c'était à cause d'une cruralgie. Cela provoque des douleurs atroces à l'aine, et c'était effectivement une manifestation de son mal qui pouvait justifier cette apparence. Mais je racontais quand même des histoires. Il en souffrait depuis Noël 2003. Dieu merci il ne savait pas que c'était lié au mal qui l'emportait, et au fait que la colonne vertébrale était atteinte au niveau des lombaires. Par la force des choses, je me suis beaucoup intéressée à la médecine. C'est un domaine immense et passionnant mais je me serais bien abstenue de l'approcher de si près. Un jour que j'accompagnais Sacha pour des examens, je vis le nuage blanc du cancer sur l'écran témoin, qui avait déjà pris le thorax et qui s'était fixé entre L1 et L2. Le voile de la mort l'envahissait, et la cruralgie qui en résulta le fit plus souffrir que tout. À partir de février, la douleur était devenue intolérable : c'est dans cet état qu'il prit sa guitare, pour une dernière communion et pour son dernier salut. Je ne sais pas comment il pouvait avoir encore le sourire.

Sacha était conscient de sa mort imminente mais il n'en parlait pas. Nous avons un ami chirurgien qui s'appelle Alain, et qui, quelques mois plus tôt, avait dit à Sacha qu'il pouvait lui rester deux ans à vivre. Je crois que c'était pour lui donner du courage. Une fois seulement, au long de son agonie, Sacha me dit, laconiquement : « Tu sais, les deux ans d'Alain, je les aurais bien pris. » C'est quand il n'a plus lu *L'Équipe* le matin ni allumé la télévision pour regarder le Tour de France que j'ai su qu'il vivait vraiment ses derniers jours.

Une semaine avant son départ, il avait rendez-vous à l'hôpital de Gassin. Quand le médecin me montra le scanner, je vis que le voile était partout. D'habitude, au mois de juillet, nous étions à Megève, mais il adorait la maison de la côte et j'avais décidé que nous irions plutôt nous reposer dans le Midi. Se reposer est un euphémisme, car je savais que Sacha faisait là son dernier trajet. Durant ses dernières semaines, il était complètement sous l'emprise de la morphine. Elle lui donnait des hallucinations. Il voyait le feu sous la télévision, de la fumée qui envahissait la chambre... Il dormait tellement que j'ai eu peur de ne pas pouvoir le déplacer. Je n'avais qu'une hantise : devoir le conduire pour ses derniers jours à l'hôpital à Paris. Finalement, nous pûmes faire le voyage pour le Midi. Il fut terrible, mais une fois à la maison, Sacha s'étendit en disant : « Ce qu'on est bien ici ! » J'en fus si heureuse ! De temps en temps il ouvrait les yeux, il pouvait à peine parler mais il m'écoutait. Je me suis assise au bord du lit un jour, et je lui ai dit : « Tu sais, chéri, si tu pars avant moi, j'aimerais que tu me fasses un petit signe. »

Le lendemain de sa mort, je me trouvais dans la cuisine avec une amie, et j'avais les jambes étendues sur une chaise. Mon amie me dit soudain : « Francine, tu as vu que tu as un cœur sur la jambe ? » Un cœur ? Un an plus tôt, je m'étais arraché la peau du genou dans une chute de luge d'été qui m'avait fait l'équivalent d'une brûlure au troisième degré. Comme une idiote, je n'avais pas appelé de souffleur de feu, ni un de mes amis chirurgien qui a le don de soigner les brûlures. Je gardai de cette blessure une grosse cicatrice informe, et c'est à cet endroit qu'un cœur était apparu du jour au lendemain. Tout le monde à la maison fut stupéfait parce qu'ils avaient pu voir ma cicatrice les jours précédents au bord de la piscine et chacun attesta de ce drôle de prodige.

Le cœur est une forme que j'ai toujours aimée et j'ai pensé à Sacha. C'était le signe que je lui avais demandé. J'ai raconté cette anecdote dans *Match*, et beaucoup de lecteurs en furent touchés et m'écrivirent les jours suivants. J'étais émerveillée et en même temps rassurée, en pensant à l'inquiétude de Sacha qui me demandait toujours s'il y avait quelque chose après.

Sacha est parti un jeudi, le 22 juillet 2004. La présence de tous dans l'amour, malgré la douleur, rendit son départ presque beau. Une famille où les gens s'aiment, c'est le couronnement du mariage, et le nôtre nous offrit cette récompense sans prix, au-delà des vicissitudes.

Le cercueil était sur la terrasse de la maison. Il y eut une bénédiction puis il fut emmené dans la tombe où ma sœur Christiane et ma mère sont enterrées. Le jour des obsèques, je me suis mise dans mon lit et je m'y suis recroquevillée avec une douleur terrible au plexus. Je ne pouvais plus bouger. La cérémonie allait avoir lieu dans une heure et je sentais que je n'allais pas pouvoir tenir debout. Ces quatorze derniers mois me laissaient exsangue. Grâce à la cortisone que me donna Alain, je pus me lever, m'habiller et faire face.

À l'annonce de la mort de Sacha, je reçus une avalanche de télégrammes. Les enfants devaient relever les messages du répondeur qui était saturé toutes les dix minutes. Les fleurs commencèrent aussi à arriver, et je ne savais pas où les mettre tant il y en avait. Il y avait en plus les bouquets et les couronnes que des anonymes déposaient devant la grille de la maison et qui s'accumulaient. Puis ce fut le courrier, dont je voyais arriver des piles et des piles chaque jour. J'étais anéantie, mais je me fis un devoir de répondre à tous ces témoignages. Il y avait même du monde qui s'était massé devant la maison. Je reçus des réactions du monde entier, d'Espagne, d'Allemagne, d'Angleterre bien sûr, d'Amérique. Le soir même, TF1 diffusa un sujet de vingt minutes sur Sacha, et je me rappelle que les enfants et moi nous sommes regardés à la fin, impressionnés et émus par la beauté de cet hommage. Il nous mit du baume au cœur.

Laurent et Julien, la base de notre vie, furent une fois encore exemplaires. Je suis sûre, parfois, que sans eux j'aurais pu avoir la tentation de quitter Sacha. Jeune fille, un cher ami me faisait écouter ce morceau de Monteverdi qui s'appelle *Il cimento dell'armonia*, le ciment de l'harmonie. C'est ce que furent nos fils, et dieu sait qu'il fallut un bon ciment ! Je n'ai peut-être pas fait grand-chose de ma vie, mais cette famille est ma plus grande réussite, que je m'étais toujours promise en connaissant l'importance de l'enjeu. Je dois aussi répéter que Sacha était un très bon père, qu'il prenait son rôle très au sérieux et que nous fûmes deux à partager ce succès de voir nos fils devenir des hommes sains, courtois, affectueux et pouvant raisonner. Laurent et Julien me furent toujours d'un grand secours dans les souffrances, et à la mort de leur père, ils surent taire et cacher leur peine immense pour me préserver. Ils ont été merveilleux. Durant les dernières nuits de Sacha, ils dormaient sur des divans dans la pièce à côté pour être toujours présents. Ce sont eux qui l'ont vu rendre l'âme. Je dormais à côté de Sacha et je me suis réveillée juste après. En ouvrant les yeux et en les voyant debout tous les deux, j'ai compris.

Mes belles-filles, qui adoraient Sacha, furent affreusement touchées et me déchargèrent de tout le poids du quotidien. J'ai senti que leur affection à tous les quatre m'aidait à vivre. Depuis, Laurent et Julien continuent de m'aider, de me conseiller, enfin de me soutenir dans une vie qui m'est devenue, par certains côtés, cruellement pénible. Jusqu'à des problèmes de plomberie que Julien vient m'arranger après une longue journée de travail, arrivant sur son scooter avec ses outils au lieu de courir retrouver sa famille... Je ne peux dire combien tous ces petits gestes me touchent.

Sacha inhumé, je suis restée quinze jours en France pour répondre au courrier, puis je suis partie rejoindre des amis à la montagne, ne sachant pas si j'allais pouvoir faire la route tant j'étais faible. Dans les dernières semaines de l'agonie de Sacha, je ne pouvais plus manger et j'avais perdu six kilos, mais je me rendis compte une fois de plus que l'action, quelle qu'elle soit, me remonte. Pendant quatre jours, j'ai marché à la montagne, et je suis rentrée à Paris pour rejoindre une nouvelle fois mon père à Tahiti, le lieu de la retraite et de l'apaisement. À l'aéroport, où mon frère m'accompagnait, je me suis subitement écroulée. Je me revois assise sur le chariot à bagages, pleurant à chaudes larmes. Je pleurais encore en tendant mon billet à l'hôtesse, et je ne m'arrêtais pas de pleurer en montant dans l'avion. Je me rappelai mon départ qui avait décidé de notre mariage. Mais je me rendais compte que la meilleure solution était bien de partir comme je le faisais. Pourtant je n'avais pas fini de pleurer.

Avant mon départ, un ami médecin, qui nous avait beaucoup aidés, m'avait conseillé des antidépresseurs en me disant que j'en aurais besoin. Je n'en avais jamais pris de ma vie. Pendant toute la maladie de Sacha, dans les moments où je ne tenais plus, je m'aidais avec des produits naturels qui me faisaient un peu de bien. Dès que je pris ces nouvelles gouttes, j'en bénis l'initiateur. Comme je me trouvais dans une maison qui vivait, que j'étais embarquée dans une lecture qui m'accaparait, je me sentis mieux et je décidai d'arrêter les antidépresseurs. Trois jours plus tard, j'étais en larmes à nouveau. Aujourd'hui, j'ai tout arrêté et en suis fière.

Rentrée à Paris, je fus happée par la promotion du livre de Sacha paru après sa mort, et dont je dus m'occuper entièrement seule. À nouveau je me sentais mieux dans l'action, à faire des signatures, à participer à des émissions de télévision et de radio, en plus de l'impression que cela me donnait d'agir avec lui.

Sacha est mort depuis plus de deux ans et je passe encore par des moments très durs. C'est à Paris que je souffre le plus de me retrouver seule dans cette maison qui fut la nôtre. Nous y fûmes merveilleusement bien ensemble. Aujourd'hui, c'est presque intenable. Ce n'est plus une maison qui vit, et je ne m'y trouve désormais que par obligation, pour tous les ennuis de la terre comme les montagnes de papiers à classer, à ranger, et les affaires matérielles à régler, si envahissantes et déprimantes. Pour moi, Paris, en dehors de mon fils qui y vit, ce ne sont plus que des ennuis. Parfois, je fais semblant de vivre. Je vis mais je ne vis pas. C'est une sous vie. Je suis là, je me lève, je me mets à table, je parle, je bouge, mais je ne suis pas là. C'est comme si j'étais spectatrice de moi-même, impuissante à refaire le lien, à insuffler la vie dans la vie, à revenir au centre sans lequel rien de bon ne peut se faire. Parfois la télévision me fait du bien en m'absorbant. Je sais pourtant que la joie triomphe infailliblement de la peine et je ne perds jamais cette foi. Je sais qu'il y a toujours de nouveaux printemps, comme à Thalassa, en automne après la pluie, où les amaryllis sauvages d'un rose magnifique sortent en une nuit tout autour de la maison. Ces fleurs sont la présence de ma mère – c'est elle qui les planta –, et le papillon blanc, celle de Sacha. Depuis qu'il est parti, il m'accompagne souvent, apparaissant quand je parle de lui, quand je me sens sereine, quand je descends me baigner et qu'il m'attend au passage sur un rocher, et même au large, sur un bateau où il vint un jour voleter autour de moi. Ce papillon, je le vois depuis le jour où l'une de nos amies se leva au petit matin et découvrit un nuage de papillons blancs qui lui fit comprendre, sans qu'elle sache pourquoi, que Sacha venait de partir. C'était l'instant de son dernier souffle.

« En forme de postface »

Ce livre est l'histoire d'un amour : de la vie entre Sacha et Francine... L'un sous la chaleur rude des spotlights, l'autre sur les toits de l'Himalaya et championne de ski. Les opposés s'attireraient-ils que par leurs passions personnelles et *a priori* contraignantes, ou parce qu'ils portent en eux ce qu'il y a de plus fort ? L'amour et la compréhension de l'autre. Nous sommes tous un peu de ces deux là, simples, ouverts, généreux.

Il est difficile en lisant ce livre de ne pas comprendre comme il est bouleversant d'écrire pour deux sans l'autre. Duo à une voix.

Bien que douloureusement parti, Sacha reste présent en elle, comme en nous tous qui l'avons aimé pour son sourire, son charme, son cœur, son humilité. Reconnu comme le meilleur des guitaristes de son époque, il est resté humble, même dans ses envolées les plus virtuoses.

Pour nous – mais plus encore pour Francine – Sacha était une planète de « chanson, d'amour et de vie » ; cette planète qui ne se trouve pas dans les manuels d'astronomie mais au creux d'un poème, de la musique...

On cherche des étoiles dans le ciel infini d'inconnu alors qu'elles sont en nous ! Sachons les admirer ! Chacun sait que toutes ces étonnantes galaxies, perdues dans Pégase ou autre nébuleuse, continuent à briller en nous...alors qu'elles sont éteintes depuis des milliards d'années. La lumière ne meurt jamais.

Toute vie est parsemée de blanc, de rose, de bleu... et bien souvent de noir.

La vie est arc en ciel ; et l'arc en ciel n'a jamais eu de noir ! sauf si l'on ferme les yeux. Vivons à cœur ouvert et acceptons le deuil ; comme une vraie couleur de la vie au large.

La vraie vie, la « belle vie » doit être un chant d'amour, d'honneur, où clament les passions...le bonheur de n'être jamais seul. Nous avons des amis et des amours riches de tendresse, des enfants et puis un nid... Et ce nid est un refuge, une histoire... Bachelard écrivait : « La nostalgie c'est le souvenir de la chaleur du nid ». Le nid originel de la vie sur terre est la mer ; élément matriciel universel : Thalassa ! Ce n'est pas un hasard si le nid que Sacha et Francine ont bâti ensemble, dans le Midi de la France, s'appelle Thalassa. C'est un havre de famille, d'amitié, d'une nature offerte et protégée ; un lieu d'apaisement. De ressourcement. Un manoir de soleils.

Être star c'est avant tout être bien en soi. Ce n'est pas vouloir paraître beau ou belle, connu ou inconnu mais partager une alliance à l'annulaire de la vie.

Paul-Robert Thomas.

Remerciements

Merci à tous mes amis, toutes mes amies, mes belles-filles, tous présents toujours dans la joie comme dans le chagrin... Ils m'ont aidée à traverser des chemins difficiles. L'amour et l'amitié sont les deux fleurs d'une même branche.

Merci à Pierre Deschodt, pour ses conseils et son écoute. Ce livre lui doit beaucoup.

Cet ouvrage a été composé
par PCA - 44400 Rezé
et achevé d'imprimer en mars 2007
sur les presses de **Bussière**
à Saint-Amand-Montrond (Cher)
pour le compte des éditions Lattès

ISBN : 978-2-7096-2894-5

N° d'édition : 89363/01 – N° d'impression : 070826/4
Dépôt légal : mars 2007

Imprimé en France